창비청소년문고

찬란한 날들

한소은 소설집

북레시피

차례

안돈

낯선 곳에서부터 차가운 바람이 불어온다. 밤새 멈출 것 같지 않았던, 어둠을 뚫고 쏟아지던 눈은 이제 흰 빛으로만 남았다. 이마를 덮은 젖은 머리칼이 바람에 날린다.

바람은 남동쪽에서 불어온다. 지금 그가 가려는 곳, 그는 고개를 돌려 그곳을 바라본다. 어둡고 거대한 산에 가려진 미지의 공간. 깊이를 가늠할 수 없는 숲의 냄새가 폐로 스며온다. 발목까지 쌓인 눈이 달빛에 드러난다. 바람은 쉬지 않고 틈새를 파고든다. 주머니 속에서 뻣뻣하게 얼어가는 양손을 빼내 천천히 비벼본다. 감각이 사라진 손끝에 통증이 밀려온다.

그는 하얗게 눈이 덮인 거대한 나무들 사이에 서 있다. 눈의 무게를 이기지 못한 가지들이 꺾이며 눈 속으로 파묻힌다. 도착할 때만 해도 검게 드러나던 아스팔트 길은 눈에 덮여 사라졌다. 나무들 사이에 몸을 웅크리고 있는 사내들이 초조하게 몸을 뒤척인다. 사내들이 움직이면 어디선가 마른 음성들이 떨어진다. 기다리는 시간이 길어져도 사내들의 눈빛은 사그라지지 않는다. 저들은 무엇 때문에, 고개를 젓는다. 그와는 상관없는 일이다. 어디선가 알 수 없는 짐승의 날카로운 울음소리가 들려온다. 정적을 깨며 날아오르는 새들의 그림자가 검은 하늘로 흐리게 떠올랐다 사라져간다.

멀리서부터 두 개의 불빛이 서서히 다가온다. 쌓인 눈 때문에 빛은 서서히 걸어서 온다. 사내들은 불빛을 향해 몸을 세운다. 그는 사내들을 알지 못한다. 그들도 서로를 알지 못한다. 우리는 잠시 우연으로 이곳에 모였을 뿐이다. '우리'라는 호칭 역시 안내인의 편의를 위해 존재할 뿐이다. 몇 시간 후면 의미를 잃을 공허한 단어. 찰나의 호칭. 물론 모든 것은 '우리'의 목적이 무사히 달성됐을 때만 가능한 일이다.

흐린 달빛에 모습을 드러낸 차는 검은색 소형버스다. 이곳에 도착한 후 거리에서 몇 번 보았던 차량이다. 차에 탄 관광객들이 창밖을 내다보며 손짓했다. 거리엔 특별할 게 없었다. 눈을 아래로 향한 채 걷는 사람들과 길거리에 쓰러진 사람들, 그리고 골목에 몸을 숨긴 그뿐이었다. 무엇을 보고 있는 것인가, 그는 사람들 눈에 띄지 않게 모자를 더 깊이 눌렀다.

브로커는 그에게 관광버스로 위장한 차를 타게 될 거라고 말했다. 굵은 체인을 감은 바퀴가 천천히 멈춰 선다. 전조등 빛에 눈이 일그러진다. 빛이 사라지는 동시에 엔진도 멈춰 선다. 낡은 쇳소리를 내며 출입문이 열린다.

거대한 체구의 남자가 버스에서 내린다. 버스를 운전하는 현지인이다. 달빛에 빛나는 머릿결과 푸른 눈빛이 차다. 운전사는 사내들을 둘러보며 온몸을 감싼 긴 패딩 점퍼 주머니에서 담배를 꺼내 문다. 바람 때문에 라이터에 불이 붙지 않는다. 뒤따라 내린 키 작은 남자가 손으로 바람을 막으며 담배에 불을 붙인다. 라이터 뚜껑을 닫은 남자가 사내들을 향해 돌아선다. 우리를 인도할 안내인이다.

안내인은 커다란 털모자에 두꺼운 털코트로 온몸을 감쌌다. 검정 마스크를 쓴 얼굴엔 눈동자 두 개가 검은 구멍처럼 뚫려 있다. 그는 안내인이 추위에 약한 사람이거나 무언가로부터 자신을 감추기 위해 애쓰는 사람이라고 생각한다. 안내인은 주의사항을 전한다. 앞으로 두 시간 후면 해가 뜰 것이다, 그때쯤이면 국경에 도착할 것이다, 그때까지 절대, 어떤 소리도 내서는 안 된다, 국경을 완전히 넘어설 때까지는 스스로 유령이라고 생각해야 한다, 앞으로 두 시간이 우리의 운명을 결정할 것이다. 안내인의 말은 보이지 않는 바람 사이로 흩어진다.

안내인은 뒤돌아서 운전사와 몇 마디 주고받는다. 그들이 주고받는 언어를 그는 알아듣지 못한다. 안내인은 몇 번인가 사내들을 뒤돌아본다. 그리고 사내들에게 마지막으로 소변을 보거나 담배 피울 시간을 준다. 그는 나무 사이로 들어가 바지 지퍼를 내리고 마렵지 않은 소변을 본다. 차갑게 쪼그라든 성기에서 한참 후에야 몇 방울이 떨어진다. 눈밭에 노란 구멍이 뚫린다. 숲에 흔적을 남긴다.

그와 사내들은 안내인을 따라 버스로 향한다. 계단을 올라서자 히터의 온풍이 먼저 살갗에 감겨온다. 2인용 좌석이 양쪽으로 늘어선 버스 내부는 겉모습처럼 무엇 하나 특별할 것이 없다. 이곳 어디에 그를 숨겨줄 공간이 있는 것일까. 그 앞에는 얇고 긴, 용도를 알 수 없는 가방을 든 가죽점퍼의 사내가 있다. 모두가 맨손인데 가죽점퍼만 가방을 품에 안고 있다. 뒤로는 안경을 쓴 사내와 나머지 세 명의 사내들이 줄지어 선다. 안내인은 버스 맨 끝, 긴 뒷좌석 앞에서 멈춰 선다.

안내인이 뒷좌석의 양옆을 손으로 더듬는다. 자물쇠 풀리는 소리가 차내에 울린다. 안내인은 뒷좌석을 덮고 있던 두꺼운 쿠션을 들어 올린다. 쿠션이 올라간 자리로 벌집 모양으로 얽힌 은색 철판이 드러난다. 안내인은 주머니에서 드라이버를 꺼내 철판 나사를 풀기 시작한다. 나사를 풀고 좌석 한 칸 크기의 철판을 들어 올리자 사람 한 명이 들어갈 수 있는 크기의 검은 공간이 드러난다.

안내인은 이곳이 사내들이 숨을 곳이라며 한 사람씩 들어가라고 말한다. 안으로 들어가면 구석부터 차례로 자리를 잡으라고, 일단 자리를 잡으면 벽을 두드려 신호를 보내라고 한다. 절대 말은 하지 말고 그냥 두드리기만 하라고. 가죽점퍼가 먼저 구멍으로 다가선다. 가죽점퍼의 두 다리와 허리가 사라지고, 마침내 머리 위로 들고 있던 가방까지 흔적 없이 지워진다. 잠시 후, 차체를 두드리는 소리가 들리고 안내인이 그를 향해 손짓한다. 그는 두 발을 차례로 구멍을 향해 뻗는다. 머리까지 내려오고 나니 그곳엔 섬뜩한 냉기와 어둠뿐이다. 산 채로 흙에 파묻힌다면 이런 기분일지도 모르겠다고 생각한다. 그는 무릎을 꿇고 기어간다. 무언가에 머리를 부딪치고 그게 먼저 들어간 가죽점퍼라는 걸 알아채고 옆으로 자리를 잡는다. 무릎을 세우고 최대한 몸을 구부려보지만, 뒤통수가 천장에 닿는다. 깊게 숨을 내쉬며 머리 위 벽을 두 번 두드려 신호를 보낸다. 차례로 사내들이 들어오고 그들은 어깨와 몸뚱이를 서로 맞댄 채 조금이라도 더 자리를 차지하려 몸을 뒤튼다. 무릎 사이에 얼굴을 파묻는다. 누군가의 침이 목젖을 타고 내려간다. 마지막으로 들어온 사내가 신호를 보내자 위에 있던 안내인이 흐린 빛이 스며들던 구멍의 철판을 덮는다. 나사가 채워지는 소리, 쿠션이 덮이고 잠금장치가 잠기는 소리, 안내인이 멀어지는 발소리를 듣는다. 사내들은 아무 말 없이 한 치의 틈도 없는 어둠 속에서 이제 곧 시작될 이동을 준비한다.

거대한 엔진과 부품들이 얽히며 부딪치는 소음이 날카롭게 귓속으로 파고든다. 드디어 출발이다. 그는 무릎에 얼굴을 파묻은 채 얼마 남지 않은 순간을 상상한다. 아침 해가 떠오를 시간, 크리스마스의 아침이 밝아올 무렵이면 사내들은 국경에 도착할 것이다. 그는 국경수비대원이 신실한 기독교인이기를 기도한다. 오늘만은 그들의 눈이 멀고 귀가 닫히기를. 보고도 보지 않은 척하는 아량을 지니기를. 영원할 것 같던 긴장이 잠시 육체를 피하자 정신이 몽롱해진다. 어딘가 빈 구멍을 비집고 들어오는 찬 공기를 느끼며 그는 눈을 감는다.

그가 아이였을 때, 남자는 늘 술에 취해 있었다. 아이를 감싸던 여자의 머리카락 사이로 검붉은 핏방울이 흘러내렸다. 남자가 잠이 들면 여자는 수돗가에서 무심히 피를 닦았다. 그리고 낡은 외투를 입고 일터로 떠났다. 여자는 종일 무거운 쇠솥을 닦는다고 했다. 쇠솥의 무게만큼 여자는 지쳐 보였다. 여자는 추운 겨울이면 피딱지가 앉은 입술로 차가운 물에 손을 담갔다. 남자가 아무렇게나 던져놓은 그릇들을 씻으며 희미한 입김을 뱉어냈다. 살얼음이 언 물속에서 여자의 손은 얼어붙을 것 같았다. 얼어버린 손목이 얼음막대처럼 뚝, 부러져버리는 게 아닐지 아이는 무서웠다. 추운 계절이 지나서야 아이는 참고 있던 긴 숨을 내쉬었다.

아이는 자라 소년이 되었다. 여자가 사라진 그 겨울, 여자의 손에는 무언가 들려 있는 날들이 많았다. 소년은 졸린 눈을 치켜뜨며 여자가 가져오는 음식들을 기다렸다. 소년에게 음식을 먹이는 여자의 손은 뼈만 남아 앙상했다. 여자는 떠나기 전날 밤 공책과 연필을 소년에게 주었다. 소년은 흰 종이에 여자를 그렸다. 그 모습을 보며 여자가 희미하게 웃었다. 소년은 오래도록 그 모습을 잊을 수 없었다. 여자 품에서 잠이 들 무렵, 어디선가 남자의 고함 소리가 들려왔다. 여자는 소년의 머리를 가슴팍에 거세게 안았다. 여자가 아무리 세게 안아도 소년의 몸은 헐벗은 듯 떨렸다. 그래서 소년은 자신을 감싼 여자의 손이 자신보다 더 심하게 떨리는 것을 알지 못했다.

여자는 소년의 삶에서 사라졌다. 일을 나갔던 여자는 돌아오지 않았고 소년은 밤새 골목에서 여자를 기다렸다. 소년은 배달부가 흔들어 깨울 때까지 전봇대에 기대 잠들어 있었다. 혼자 집으로 돌아온 소년은 그 후 며칠을 앓았다. 차가운 방에 누워 여자의 꿈을 꾸었다. 여자는 소년을 일으켜 앉히고는 따뜻한 물을 소년의 입에 넣어주었다. 바싹 말라 터진 입술이 쓰라렸다. 여자가 다시 소년을 눕히면 소년은 헤어날 수 없는 어지럼 같은 깊은 잠 속에 빠져들었다. 소년이 다시 일어났을 때, 남자는 여자에 대한 분노로 소년을 더 가혹하게 때렸다. 소년을 막아줄 여자는 이제 없었다. 목소리는 비명으로밖에 나오지 못했다.

소년은 남자를 따라 다른 도시로 떠났다. 구경하던 누군가 여자가 먼 나라로 소년을 버리고 떠났다며 혀를 찼다. 남자가 욕을 하자 사람들은 흩어졌고, 소년은 그 말을 잊지 않았다. 남자는 농장에서 잡일을 하며 술에 취해

지냈다. 이제 폭력은 온전히 소년 혼자 감당해야 할 몫이 되었다. 남자의 두꺼운 손이 소년의 머리를 치던 날, 소년은 쇠기둥에 이마가 깊게 패었다. 핏물이 눈물처럼 소년의 얼굴로 흘러내렸다. 피를 닦아줄 사람은 아무도 없었다.

소년은 축사에 머물며 큰 눈망울을 이리저리 굴리는 소들을 바라보았다. 하루는 여자가 남긴 노트에 소의 눈을 그렸다. 둥글게 그려야 하는데 원은 자꾸 삐뚤어졌다. 길게 그려지던 원은 어느새 여자의 얼굴이 되었다. 마르고 핏기 없던, 희망이 사라진 얼굴 위로 구불구불한 머리카락을 그렸다. 그 사이로 흐르던 핏방울도 그렸다. 소년은 핏방울을 지우고 싶었다.

소년은 남자에게 아무것도 묻지 않았다. 여자가 저쪽 나라로 떠났다는 사실을 소년은 오랜 시간이 지난 후에야 믿을 수 있었다. 소년은 여자가 있는 곳으로 가겠다고 결심했다.

***

여기 국경을 넘어 저쪽으로 넘어가는 건 공공연한 일이지. 물론 자네도 잘 알겠지만.

기름으로 번들거리는 넓적한 얼굴의 브로커가 말했다. 식당의 낡은 의자는 브로커의 살진 엉덩이를 받치느라 부서질 듯 보였다. 자라다 만 턱수염 위엔 흰 소금이 붙어 있었다. 브로커는 이쪽 사람치고는 덩치가 너무 컸다.

근데, 왜 저쪽에 가려고? 이 일도 요즘엔 너무 위험해져서 말이지. 잘못되면 범법자에 평생 저쪽 땅엔 발도 들여놓을 수 없을 텐데. 각오는 돼 있는 거지?

브로커는 테이블 위에 놓인 감자튀김을 연신 입에 구겨 넣으며 물었다. 벌써 네 개째 케첩 봉지를 뜯어 입안에 짜 넣었다.

아, 뭐, 다들 비슷한 사연이지. 먹고살기 힘드니까 저쪽에서 한 건 크게 터뜨려보자, 그런 거 아니겠어? 아무래도 저쪽이 그런 면에선 자유로운 나라니까. 그나저나 자넨 나이도 어려 보이는데 웬만하면 여기서 버텨보지 그러나?

브로커가 감자튀김 하나를 집어 권했지만, 그는 고개를 저었다.

나 찾아오는 사람치고 사연 없는 사람이 어디 있나. 나도 처음에 일 시작했을 때는 그런 사람들 하소연 들어주며 가슴 아팠던 게 한두 번이 아니었지. 그 사람들, 국경 넘어가 잘 산다는 얘길 들으면 어찌나 흐뭇하던지. 이런

게 다 나라를 위하는 일 아닌가? 애국 말이네, 애국!

브로커는 비어버린 튀김 상자를 아쉽다는 듯 쳐다보다 바지 주머니에서 작은 철제 상자를 꺼내 테이블 위에 놓았다. 뚜껑을 열자 알록달록한 사탕들이 가득했다. 브로커는 기름 묻은 손가락으로 노란 사탕을 집어 입에 넣었다.

이젠 나도 뭐 이골이 났지. 근데 참, 알다가도 모를 일이야. 저쪽에서 잘 사는 게 어디 쉬운 일이냐 말이야. 국경 넘는 일은 또 어떻고. 바이러스에 테러다 뭐다, 요샌 아주 쥐새끼 한 마리도 허가증 없이는 국경 넘기가 어려운데 말이지. 설사 국경을 넘었다 해도, 그다음엔 뭘 해먹고살 건데? 말이라도 통하면 모르지. 아니, 뭐, 자네한테 하는 소리는 아니니 신경 쓰지 말게. 무사히 넘어가 잘 사는 사람들도 많으니까.

사탕이 브로커의 어금니 사이에서 으스러졌다.

육천이라는 건 알지? 물론 현금이네. 난 카드 장사는 안 하거든.

브로커의 얼굴 가득 비열한 웃음이 어렸다.

전 분명히 오천이라고 들었는데요.

브로커의 얼굴에서 웃음기가 사라졌다. 몇 번인가 혀를 차고는 말했다.

자네도 요즘 국경 상태는 알고 있겠지? 여기가 바로 전쟁터야, 전쟁터. 아니 이제 곧 진짜 전쟁이 터질 거라는 소문도 돌고 있어. 대통령 바뀌고 검역이다 뭐다 수비대에 걸리는 놈들이 한둘이 아니라고. 돈 좀 아끼자고 국경 근처로 관광만 하다 가고 싶은 건 아니겠지? 이게 다, 자네 안전을 위한 거라고. 서둘러야 해. 나도 언제 이 일을 그만둬야 할지 모를 일이야.

더는 소용없을 것 같았다. 그는 주머니에서 현금을 꺼내 건넸다. 수중에 남은 돈을 헤아려봤다. 과연 이 돈으로 얼마나 버틸 수 있을까.

지폐를 센 후, 브로커는 약속 시간과 장소로 가는 방법을 알려주었다. 그를 포함해 모두 여섯 명이 국경을 넘는다고 했다. 그중 한 명은 전직 경찰이라는 말도 덧붙였다.

저쪽 놈들이 약을 팔다 그 경찰한테 잡혔지. 그가 한 놈을 쐈고, 어느 날 밤 죽은 놈 형제들이 국경을 넘어와 아내와 어린 아들들을 모두 죽였다는군. 나도 그 기사를 봤는데 정말 끔찍했어. 근무 때문에 목숨은 건졌지만 살아남은 게 그에겐 더한 지옥이었지. 생각해보게. 자신 때문에 가족이, 그것도 어린아이들까지 목숨을 잃었으니. 그래서 놈들을 찾아 복수하기 시작했다는군. 경찰은커녕 이제는 지명수배 신세가 됐지만 말이야. 그러다 몇 놈이 다시 국경을 넘어 저쪽으로 도망치자 그놈들을 잡으러 이번에 국경을 넘는다는군.

브로커는 이번에는 사탕 상자에서 흰 사탕을 꺼내 입에 넣었다.

세상에 사연 없는 사람은 없지. 물론 자네도 그렇겠지. 어때, 마지막 기회네. 한 번 더 생각해보겠나?

브로커는 지폐를 재킷 안주머니에 넣으며 물었다. 답을 원하는 질문이 아니었다.

사내들은 특수 제작된 버스에 타게 될 것이다. 운전은 합법적인 여행사 알선책이 하고, 다른 한 명의 안내인이 동행하기로 했다. 사내들은 이곳에서 여행객을 내리고 돌아가는 여행사 버스에 숨어 저쪽으로 들어간다. 그게 국경을 넘는 '우리'의 시나리오다.

***

소년은 청년이 되었다. 농장에서의 시간은 더디게 흘렀다. 청년은 남자가 집을 비운 사이, 짐을 챙겨 도시로 도망쳤다. 단지 며칠을 버틸 수 있는 돈밖에 없었다. 청년은 옛 동네를 찾아가는 대신 공장에서 일자리를 찾아

헤맸다. 수십 명의 직원과 함께 공장 뒷방에서 밥을 먹고, 잠을 잤다. 청년은 오랜 시간 섬유에서 뿜어져 나오는 독한 약품 냄새와 공장 안을 떠다니는 무수한 섬유 조각들을 삼키며 싸늘한 기계들에 온몸을 밀어 넣었다. 청년은 떠나기 위해 착실하게 돈을 모았고, 누구와도 친구가 되지 않았다. 그저 동료들이 모여 잡담하는 모습을 지켜보기만 했다.

청년은 가끔 아무 종이에나 여자의 얼굴을 그렸다. 저쪽에서 여자는 어떻게 살고 있을지, 상상하기 힘들었다. 그곳에서 여자는 햇볕에 바싹 마른 이불처럼 가볍게 펄럭이고 있을까. 청년은 여자를 잊지 않으려 애썼다. 그 기억마저 사라진다면, 자신을 잃어버릴까 두려웠다.

***

개조된 버스 안 좁은 공간으로 엔진에서 뿜어져 나오는 열기와 여섯 사내의 거친 숨이 얽혀든다. 기름 냄새와 사내들의 지독한 체취에 숨쉬기가 어렵다. 그는 천천히 깨어난다. 서서히 밀려오는 기름 냄새로 이곳이 어디인지 깨닫는다. 왼쪽 어깨를 맞대고 있는 가죽점퍼에게서 옅은 술 냄새가 난다.

씨발, 거 냄새 한번 지독하네. 가뜩이나 숨 막혀 죽겠는데. 이놈의 냄새 때문에 머리가 깨질 것 같잖아!

사내 중 하나가 목소리를 높인다.

워낙 춥고 긴장이 돼서 좀 마셨는데.

가죽점퍼의 목소리가 울린다.

누군지 모르겠지만 마시던 것 좀 남았소? 이러고 있으려니까 죽을 맛이네. 그거라도 한 모금 해야지, 답답해서 원…….

또 다른 사내의 목소리.

조금 남기는 했는데, 어두워 보이질 않으니. 여기 병 넘길 테니 마시려면 알아서들 해요.

가죽점퍼가 그에게 작은 술병을 건넨다. 그는 술병 뚜껑을 열고 고개를 들어 한 모금 들이켠다. 쓰고 진한 액체가 식도를 타고 텅 빈 위까지 빠르게 흘러 들어간다. 그는 병을 옆자리 사내에게 넘긴다. 나머지 사내들도 돌려가며 한 모금씩 독주를 삼킨다.

이제 좀 살겠네.

조금 전 술을 부탁하던 남자의 목소리가 다시 들려온다.

난 딸애를 찾으러 가는 길이오. 하던 일이 망하고 사채까지 끌어 쓰다 그놈들이 하나뿐인 딸에게까지 손을 댔

더군. 딸아이를 저쪽에 팔아넘겼다는데, 우선 어디 있는지 찾아서 데려와야지. 힘들게 넘어갔으니 뭐, 기회가 되면 돈도 좀 벌고.

차는 산길을 넘어가는지 쉴 새 없이 흔들린다. 빈속에 마신 술 때문에 속이 좋지 않다. 옆에 앉은 안경 쓴 사내가 무언가를 게워낸다. 술과 위액이 섞인 냄새가 좁은 공간을 가득 채운다.

미안합니다. 차가 하도 흔들리는 바람에.

안경 쓴 사내가 고개를 숙인 채 말한다. 힘겹게 울음을 삼키고 있는 듯한 목소리다. 그때, 천장 위에서 의자 두드리는 소리가 들린다.

조용히 해! 지금 어디 놀러 가는 줄 알아? 숨소리도 내지 말라고 했잖아!

짜증 섞인 안내인의 목소리가 머리 위로 내리꽂힌다. 사내들은 다시 침묵으로 돌아간다. 엔진 소리를 뚫고 어디선가 낯선 동물의 기이한 울음소리가 들려온다.

이봐요, 형씨는 왜 국경을 넘는 거요? 이번이 처음이오?

얼마나 시간이 흘렀을까. 가죽점퍼가 그의 귀에 얼굴을 들이대고 낮은 목소리로 묻는다. 그는 무릎 사이에 머리를 박은 채 대꾸하지 않는다.

나는 이번이 두 번째네.

가죽점퍼는 목소리가 커질까 더 가까이 다가가며 말한다. 엔진 소리에 묻혀 가죽점퍼가 하는 말이 분명하게 들리지 않는다. 차가운 가죽에 섞인 술 냄새만 코를 찌른다.

그때, 잘 아는 형님이 저쪽에서 크게 세차장을 하고 있었거든. 여기 와서 일도 좀 돕고 구경도 하고 가라기에 뭐 여편네도 도망가고 자식도 없는데 거기나 가야겠다, 해서 없는 돈 털어 들어갔는데, 뭐 일 좀 익히고 살만하다 싶으니까 어느새 돌아올 때가 된 거지. 그런데 이대로 돌아가기엔 아깝더라고. 뭐, 제대로 돈도 좀 벌고 싶고. 근데 재수 없는 놈은 남의 땅에서도 그런 건지, 도시에 폭동이 일어나는 바람에 형님 세차장도 다 불타고, 미용실 하던 형수님은 총에 맞아 휠체어 신세가 되고…….

가죽점퍼는 한숨을 쉰다. 어쩌면 그에게도 비슷한 삶이 기다리고 있을지 모른다. 할 수만 있다면 가죽점퍼 곁에서 멀리 떨어지고 싶다. 하지만 이 좁은 공간 어디에도 피할 곳은 없다.

뭐, 더는 형님한테 신세를 질 형편도 안 되고 해서, 그때부터 여기저기 떠돌아다니며 안 해본 일이 없지. 불법 체류자니 제대로 된 일을 할 수 있었나. 뭐, 항구에서 짐이나 나르고 식당에서 쓰레기나 치우고 야채나 썰면서 하루 벌어 하루 사는 목숨이었으니까. 죽을 고비도 여러 번 넘겼는데, 추방당할까 무서워 신고도 할 수 없었지. 그러다 이놈을 만났네.

가죽점퍼는 무릎 아래 놓여 있던 가방을 손으로 쓰다 듬는다. 숲에서부터 들고 있던 가방이다. 안에 든 건 세 조각으로 분해된 당구채다. 젊어서 당구를 좋아했던 가 죽점퍼는 술집이나 당구장에서 내기 당구를 치며 먹고 살았다고 한다.

웬만한 술집마다 당구대가 있거든. 술에 취한 게임 상 대를 찾는 일은 어렵지 않았지.

가죽점퍼는 내기 당구를 하면서부터 힘든 노동에서 벗 어날 수 있었고, 길에서 사는 노숙 생활만큼은 면할 수 있었다며 웃는다.

그때, 안내인이 머리 위 의자를 두드린다. 가죽점퍼는 말을 멈추고 초조한 듯 아무것도 보이지 않는 정면을 향 해 고개를 돌린다.

그는 가죽점퍼가 왜 돌아왔는지, 왜 다시 위험을 무릅 쓰며 저쪽으로 돌아가려 하는지 궁금하다. 만약 국경을 넘어간다면, 이 버스에서 내리고 나면 답을 들을 수 있을 까. 어둠에 익숙해진 눈에 낡고 더러운 신발이 보인다.

이제 곧 국경이다. 지금쯤 해가 떠오르고 있을 것이다. 하지만 이곳은 여전히 어둠과 코를 찌르는 악취뿐이다. 사내들은 버스에 몸을 맡긴 채 흔들린다. 그 옆에 앉은 안경 쓴 사내의 어깨가 떨린다. 손바닥에 고인 땀을 바지에 비벼본다. 두 시간 넘게 펴지 못한 다리를 펴고 싶다. 참아야 한다. 갑자기 차가 멈추고 엔진 소리가 사라진다. 열두 개의 눈동자가 어둠 속에서 교차한다.

이제 오 분 후면 국경입니다. 무슨 일이 있어도 절대, 아무 소리 내면 안 됩니다. 절대!

머리 위로 다시 안내인의 낮은 목소리가 들린다. 요란하게 시동이 걸리고 버스는 빠른 속도로 앞으로 나아간다. 사내들은 한쪽으로 기울어졌다 다시 제자리로 돌아오기를 반복한다. 그는 더욱 깊이 무릎 사이로 얼굴을 파묻는다. 과연 '우리'는 국경을 무사히 넘을 수 있을까.

***

그녀를 만난 건 세 번째로 옮긴 공장에서였다. 그녀는 얼굴이 창백했고, 입술이 흐렸다. 그는 자꾸 그녀 주변에서 맴돌았다. 그녀는 말이 없었고, 친한 동료도 없어 보였다. 어느 점심시간, 그녀가 혼자 공장 밖으로 나가는 것을 보았다. 한겨울인데, 그녀의 외투는 얇고 낡아 보였다. 그녀는 공장에서 십오 분 정도 빠르게 걸어 낡은 집들이 모인 더러운 골목길로 들어섰다. 그리고 한 공동주택의 지하로 내려갔다. 그녀는 그곳에서 얼마간 머물다 다시 나와 공장으로 돌아갔다.

다음 날도 그다음 날도, 그녀는 점심시간이면 사라졌다 돌아왔다. 며칠 후, 야근을 하고 저녁을 먹으려고 들른 공장 식당에서 혼자 밥을 먹고 있는 그녀를 보았다. 그녀는 며칠 새, 더 야윈 것 같았다. 그는 그녀 앞에 식판을 내렸다. 그리고 달걀을 그녀의 식판으로 옮겼다. 그녀가 달걀을 좋아한다는 걸 알고 있었다. 그녀는 작은 목소리로 고맙다고 했다. 처음 들어본 그녀의 목소리는 오래전 잊어버린, 그립고 슬픈 누군가를 떠오르게 했다. 그녀의 눈빛에는 겁먹은 초식동물의 두려움이 어려 있었다.

그 후, 그녀는 조심스럽게 자신의 가장 연약한 틈을 내어줬다. 그는 서두르지 않았다. 그녀를 보고 있는 것만으로도 안도가 되었다. 공장 방에서 지내던 그는, 가끔 그녀와 허름한 식당에서 저녁을 먹고 그녀를 지하의 집으로 데려다줬다. 그곳에서 그녀는 늙고 병든 아버지와 함께 살고 있었다.

아버지는 내가 어릴 때 집을 떠났어요. 어떤 여자와 함께였죠. 떠나기 전까지 아버지는 술을 마시고 엄마와 나를 때렸어요.

그녀는 오랫동안 먼 곳을 바라보았다.

맞고 있는 엄마를 보며, 왜 아버지에게서 도망치지 않는지 알 수 없었어요. 그래서, 나도 그래야 한다고 생각했어요. 아버지가 무슨 짓을 해도, 가만히 있어야 한다고.

집으로 걸어가던 어두운 골목길에서 그녀는 눈물을 흘렸다. 그녀를 보며 어린 시절 여자를 떠올렸다. 여자의 핏방울과 아무것도 할 수 없었던 무기력한 소년의 모습이 떠올랐다.

그랬던 아버지가 몇 달 전 집으로 돌아왔어요. 엄마가 돌아가신 후 혼자 살고 있었는데, 늙고 병들어 다시 돌아온 거예요.

봄눈이 더러운 골목을 덮던 밤이었다. 그와 그녀는 허름한 숙소에서 밤을 새웠다. 그녀의 몸에는 푸르고 붉은 멍들이 자라고 있었다. 새벽에 그는 혼자 그녀의 집으로 갔다. 그녀의 아버지는 잠들어 있었다. 뼈만 남은 몸에선 지독한 악취가 났다. 그는 그 냄새를 잘 알고 있었다. 그를 때리던 남자의 몸에서 나던 냄새, 여자에게 욕을 퍼부을 때마다 나던 그 냄새.

그는 숙소로 돌아가 그녀에게 떠나자고 했다. 그녀는 힘없이 고개를 끄덕였다. 하지만 다음 날, 그녀는 공장에 나타나지 않았다. 그녀를 찾아 그녀의 집에 갔을 때, 그곳에 그녀는 없었다.

경찰이 그녀를 찾아 공장에 왔다. 그녀의 아버지가 죽었고, 경찰은 사라진 그녀를 의심하고 있었다. 며칠 후엔 남자가 그를 찾아왔다. 남자가 그를 찾고 있었다는 사실이 믿기지 않았다. 그는 서둘러 공장을 벗어났다. 가야 할 곳을 알지 못했다.

여자가 떠났다던 나라로 가고 싶었다. 하지만 국경은 이미 오래전 폐쇄됐다. 그는 언젠가 동료들이 주고받던 얘기를 기억해냈다. 이쪽 접경지역에서 국경을 넘어 밀입국을 한다는 이야기. 그는 동료로부터 현지에서 일을 맡아줄 브로커를 소개받았다.

***

버스가 멈춘다. 엔진도 조용히 입을 다문다. 차 문이 열리는 소리. 여러 개의 발소리가 아주 크고 가까이에서 들려온다. 발소리가 머리 바로 위에서 멈춘다. 그는 갑자기 참을 수 없는 역겨운 맛을 느낀다. 식도를 타고 넘어오는 액체를 막으려 두 손으로 입을 막아보지만 이미 늦었다. 입에서 뜨거운 액체가 막을 새도 없이 쏟아져 나온다. 내뱉은 토사물에서 익숙한 악취가 풍겨온다.

머리 위 뚜껑이 열린다. 알아들을 수 없는 고함이 들려온다. 밝은 빛과 함께 긴 총구가 위에서부터 천천히 내려온다. 끝에 앉아 있던 남자부터 차례로 몸을 일으켜 구멍 위로 올라간다. 기어나가는 안경 쓴 사내의 구두 밑창을 보며 그는 '우리'의 시나리오가 완결되지 못했다는 사실을 깨닫는다.

사내들은 모두 버스 밖으로 끌려 나온다. 외곽 도시에 홀연히 서 있는 경비소는 눈에 덮인 작은 오두막처럼 보인다. 주변을 둘러싼 철책 위에도 온통 눈이 쌓여 있다. 문제없이 통과했다면 몇 미터 앞이 바로 목적지다. 이대로 뛰어 숲에 닿으려면 얼마의 시간이 필요할까, 그는 비리고 역한 침을 삼키며 생각한다. 안내인과 운전사는 머리에 손을 올린 채 수비대원에게 매달린다. 누구도 그들을 상대하지 않는다.

활짝 문이 열린 경비소 안에는 삼나무를 잘라 만든 트

리 위로 노란 전구들이 반짝인다. 뿔이 긴 박제 사슴의 머리가 벽에 매달려 있다. 책상 위에는 몇 개의 커피잔 위로 하얀 연기가 흩어지고 있다.

사내들은 손을 머리 위로 올리고 버스에서 나온 순서대로 나란히 선다. 총을 둘러멘 수비대원들이 사내들 주변을 바쁘게 움직인다. 그중 한 명이 떨고 있는 안경 쓴 사내의 배를 총구로 찌른다. 그때였다. 뒤에 있던 검은 점퍼의 사내가 수비대를 향해 총을 쏘며 버스 뒤로 뛰어간다. 급작스러운 상황에 놀란 가죽점퍼가 눈밭 위로 엎어진다. 수비대도 총을 겨누고 검은 점퍼 사내를 향해 총을 쏜다. 다리에 총을 맞은 수비대원을 동료들이 끌고 간다. 붉은 핏자국이 뒤를 따라 길게 이어진다. 버스 유리창이 산산이 부서져 내린다. 가죽점퍼가 가방을 한 손에 쥐고 버스 쪽으로 기어가다 다리에 총을 맞는다. 하얀 눈 위에 붉은 웅덩이가 생긴다.

떠나기 전날 밤, 남자가 잠들고 난 후, 여자가 소년을 안고 속삭였다.

조금만 기다려. 꼭 데리러 올게.

여자는 소년이 잠들었다고 생각했지만, 소년은 여자의 말을 기억하고 있었다.

눈을 감았다 뜬다. 눈앞에 국경이 보인다. 경비소 옆 철문을 향해 달린다. 넘어야 한다. 넘어가야만 한다. 그는 달린다. 철망 너머 숲이 보인다. 이제 막 어둠이 걷히며 옅은 주홍빛에 둘러싸인 깊은 숲이 보인다. 여자는 저곳에 있을까. 그녀는 왜 사라진 것일까. 등 뒤에서 총소리가 끈질긴 추격자처럼 그의 뒤를 따라붙는다.

그는 멈추지 않는다.
그는 달린다.

멀리, 성탄 아침을 알리는 종소리가 길게 울려 퍼진다.

세상 끝, 소녀

1

나는 지금 얼마 전 문을 연 베이커리 카페 2층에 앉아 있다. 통유리 너머엔 조금 지쳐 보이는 오후의 바다가 펼쳐진다. 소개로 만난 그와의 첫 여행이었다. 나는 그가 운전하는 차를 타고 십 년 만에 이곳에 왔다. 그의 차는 안락했고, 나는 그날처럼 잠이 들었다가 주차장에 차가 서고 나서야 잠이 깼다. 바닷가 앞 놀이동산은 사라졌지만, 그 자리에는 새로 문을 연 카페와 식당들이 환하게 불을 밝히고 있었다. SNS에서 보았던 해변 대관람차 조각상 앞에는 사진을 찍으려는 사람들이 줄을 서 있었다. 누군가 올린 그 사진에 끌려 이곳에 왔다. 이곳이 세상의 끝인 줄도 모른 채.

진동벨이 울리고 그가 1층으로 내려갔다.

카페 벽에는 오래전 이곳의 모습이 담긴 흑백 사진이 걸려 있었다. 놀이동산과 서커스 천막, 어두워진 밤을 둥글게 밝힌 대관람차가 바다를 배경으로 서 있는 모습은 잊고 있던 기억을 떠올리게 했다. 그 시간은 까마득하게 멀었다가도, 바로 지금 내 앞에 다가와 있는 듯도 했다.

2

우리 만날래요?

…….

싫어요?

수요일 오후 2시. 지하철역 주변은 한가하다. 아니, 버스를 타고 다리를 건너오는 내내 도시는 텅 비어 보였다. 평소라면 학교에 있을 시간이지만, 나는 지금 여기에 있다. 낯설다. 어쩌면 긴장했는지도 모른다. 버스가 대공원 앞을 지날 때, 공원 주변에 늘어선 벚꽃나무에서 성긴 눈송이 같은 꽃잎들이 흩날리고 있었다.

문득, 서럽다는 말이 떠올랐다.

서러운 팔자, 서러운 신세.

할머니가 울면 난 이불 속에서 몸을 둥글게 말고 두 귀를 막았다. 사라질 수만 있다면, 작은 씨앗이 되고 싶었다. 다른 곳에서 다시 싹트고 싶었다. 할머니가 말하던 '서럽다'는 단어를 왜 벚꽃잎을 보며 떠올렸는지 모르겠다. 할머니는 저 꽃잎 아래를 지난 적이 있었던 걸까. 고개를 돌린다. 버스에 앉은 사람들의 뒤통수가 불친절한 직원처럼 말없이 나를 지켜본다.

바람에 날린 꽃잎 하나가 창문에 부딪혀 파르르, 떨고는 길 위로 내려앉는다. 뒤따라오던 차의 바퀴가 서러움을, 뭉그러뜨렸을 것이다.

그냥, 스쳐 지나간다. 상관없는 일이라는 듯.

나는 사거리 휴대전화 대리점 앞, 긴 팔을 휘두르는 광고풍선 옆에 서 있다. 십 분 안에 나타나지 않으면 돌아가겠다고 마음먹었다. 그런데, 어느새 십오 분. 나는 여전히, 그 앞을 떠나지 못한다. 갈 곳이 없다. 집으로 돌아가기엔 나에게도 자존심이 있다. 할머니의 욕설도, 진영이의 비웃음도 싫다. 차라리 여기 서서 빵 냄새를 맡으며 사람 구경이나 하는 게 낫다.

나를 찾지 못하는 걸까. 회색 점퍼에 청바지, 단발에 야구모자. 근처에 나와 비슷한 옷을 입은 사람은 없다. 교과서 몇 권이 전부인 가방이 어깨에서 흘러내린다. 발밑을 내려다본다. 귀퉁이가 부서진 빨간색 보도블록 위에 작은 물구덩이가 생겼다. 어제 내린 비 때문일까. 물구덩이 위로 떨어진 작은 날벌레가 둥글게, 둥글게 원을 그린다. 원은 점점 작아지지만 사라지지 않는다. 어지럽다.

남자는 양복을 입고 있다. 생각보다 나이가 많다. 게다가 잘생긴 얼굴도 아니다. 남자는 따라오라는 한마디를 하고는 모퉁이를 돌아 걷는다. 지금이라도 도망갈까.

하지만, 돈이 필요하다.

나는 남자의 뒤를 따라 걷는다. 남자는 신호등을 건너 아파트 단지를 향해 걷는다. 머물 곳을 찾는다면 이쪽이 아니라 반대편 번화가로 가야 하는데 남자는 한 번도 뒤를 돌아보지 않는다. 혹시, 집으로? 누구도 집으로 갔다는 얘기를 한 적은 없었다. 혹시, 변태? 나는 다시 도망칠까 고민한다.

남자는 길을 건너 아파트 단지 쪽 길가에 서 있는 트럭을 향해 간다. 운전사가 창문을 내리자 몇 마디 주고받고는 트럭 뒤편으로 걸어간다. 남자는 트럭 문을 연다. 잠시 문에 가려졌던 남자가 문밖으로 모습을 드러내고는 이리 오라는 듯 손짓한다. 망설이다 길을 건넌다. 별일 없을 거야, 가슴이 뛴다. 왼쪽 엄지손가락을 입에 문다. 손톱 밑 살에서 익숙한 피 맛이 난다. 물어뜯은 손톱 조각을 삼킨다. 엄마가 떠난 후 생긴 버릇이다.

　트럭으로 올라가는 계단을 내리고 남자가 올라가라는 듯 가방을 멘 등을 민다. 계단을 밟고 올라서자 밖에서 남자가 트럭 문을 닫는다.

　내가 지금 뭘 하는 거지, 도망쳐야 했어.

　트럭 안, 아니 나는 그곳이 트럭이라는 것을 믿지 못한다. 누군가 짓궂은 장난을 치고 있다.

　긴 직사각형 트럭 내부는 한쪽 면이 유리다. 밖에서 봤을 때 분명 검은 트럭이었는데, 안에서만 밖을 볼 수 있는 특수 유리인 걸까. 그 넓은 면을 창이라고 할 수 있다면 그건 지금껏 본 가장 큰 창이다. 창으로 들어온 빛에 트럭 안이 환하게 빛나고 있다.

그 집을 설명하는 건 쉽지 않다. 우선, 그 집은 집이 아니기 때문이다. 그곳은 트럭이다. 하지만 그곳을 트럭이라 부를 수도 없다. 그곳은 완벽한 집이기 때문이다. 검은 가죽 소파가 창을 향해 놓여 있다. 그 앞엔 작은 테이블이 있고, 소파 뒤로 침대가 놓여 있다. 침대 위에는 긴 서랍장이 달려 있고, 싱크대 위에는 전기 주전자와 잔이 놓여 있다. 운전석 뒤 정면 벽에는 책장이 있고 여러 권의 책이 꽂혀 있다. 차가 움직이는 동안 떨어지지 않게 책 앞엔 끈들이 가림막처럼 늘어져 있다. 책상 위에는 노트북이 있다. 그리고 의자에 남자가 앉아 있다. 회색 긴소매 니트에 면바지, 단정하게 자른 머리카락과 굳게 다문 입술이, 언제나 다정하고 자상한 아버지 역을 맡는 배우와 비슷하다. 나도 모르게 고개를 숙여 발을 내려다본다. 흙탕물이 엉겨 붙은 운동화가 깨끗한 카펫과 어울리지 않게 도드라진다.

소파에 앉겠니. 이제 출발해야 하니까.

나는 소파에 앉는다. 마치 내가 앉기를 기다렸다는 듯 집이 움직이기 시작한다. 창밖으로 익숙한 풍경이 지나간다. 장바구니를 든 아줌마와 먹거리를 파는 노점상, 신호를 기다리며 건널목 앞에 서 있는 사람들. 유리창 바로 앞으로 피자가게 이름이 적힌 오토바이가 멈춰 선다. 손을 내밀면 만질 수 있을 것만 같다. 하지만 배달원은 나를 보지 못한다. 쉴 새 없이 고개를 까딱이던 배달원은 신호가 바뀌기도 전에 빠르게 달려나간다. 간혹 길가에서 트럭을 무심히 쳐다보는 사람도 있다. 중년의 여자와 눈이 마주친다. 하지만 여자는 나를 보는 게 아니다. 그저 트럭을 보고 있을 뿐이다. 아무런 표시도 없는 크고 검은 트럭이 이상해 보인다는 생각을 하고 있을지도.

3

놀랐니?

조금요. 아니, 사실은 많아요. 이곳이 아저씨 집인가
요?

집이라, 그래, 그런 셈이지. 따로 집이라 부를 만한 곳
은 없으니까.

여기서, 이 트럭 안에서, 밥도 먹고 잠도 자나요?

응.

화장실은요? 어디서 씻죠?

저기, 문을 열면 욕실이란다. 그리 크지는 않지만 그래
도 필요한 건 해결할 수 있거든.

어지럽지 않나요? 멀미 나지 않아요? 전 버스만 타도
멀미를 하는데.

처음엔 그랬지. 뭐든 시간이 필요한 법이니까.

익숙해졌다는 말이군요. 알 것 같아요. 저도, 지금은 익숙해졌거든요.

어떤 것에?

그냥 이것저것이요……. 아저씬 언제부터 트럭, 아니 이 집에서 지냈어요? 정말 신기해요.

글쎄, 잘 기억나지 않는데. 오래전부터인 것 같아.

가족은요? 혼자 사나요? 부모님이나 부인이 싫어하지 않나요? 아이들은요?

너는, 궁금한 게 많은 아이구나.

네, 맞아요. 그래서 가끔은 친구들도 귀찮아해요. 엄마가 사라졌을 땐, 엄마는 어디 갔냐며 몇 날 며칠 할머니를 괴롭히기도 했어요. 그때 얼마나 욕을 먹었는지. 그 후론 할머니한테 엄마 얘긴 하지 않아요. 그래도 전 궁금한 게 있으면 못 참겠는걸요.

그사이에도 트럭은 멈추지 않는다. 나는 끊임없이 움직이는 흐름 한가운데 있다. 이건 버스를 탔을 때와는 다르다. 버스는 단지 버스일 뿐이지만, 나는 지금 움직이는 집에 있다. 소파에 앉아 시내를 달리는 일은 상상을 초월한다.

학교 끝날 시간이 됐는지 교복을 입은 애들이 교문 밖

으로 쏟아져 나온다. 두세 명씩 짝을 이룬 아이들, 전단지를 나눠주는 남자와 학교 담을 따라 늘어선 노점상들, 그 앞을 가득 메우고 뭔가를 부지런히 먹고 있는 교복들, 아무 걱정 없다는 듯 터져 나오는 웃음들. 고작 이틀 빠졌을 뿐인데 왠지 누군가 자랑하며 떠들던 해외여행 얘기처럼 실감이 나지 않는다. 상점에서 선글라스를 끼고 봤던 세상처럼 부자연스럽다.

아까, 그 남자분, 절 데리러 오신 분은 누구예요?

나를 도와주는 사람이야. 그냥 미스터 최라고 부른단다.

그럼 비서, 같은 건가요?

글쎄, 그보단 친구에 더 가깝지. 먹을 것과 필요한 걸 구해주고, 불편한 걸 해결해주지. 이 트럭을 개조한 것도 미스터 최였어. 손재주가 좋은 사람이지. 특히 자동차라면 모르는 게 없거든.

그럼 그분도 아저씨와 여기서 같이 사나요?

아니, 미스터 최에게 이 트럭은 회사와 같아. 근무시간도 정해져 있지. 오전 8시에서 저녁 6시까지. 그 후에는 집으로 돌아간단다.

그럼, 6시가 지나면 트럭은 움직이지 않나요?

운전사는 남아. 세 명이 일하거든. 한 명은 오전과 오후에, 또 한 명은 오후와 저녁, 그리고 나머지 한 명은 새벽에만 운전을 하지. 교대할 때나 주유할 때가 아니면 이 차엔 언제나 시동이 걸려 있어. 그게, 이 트럭의 운명이란다.

한 가지만 더 물어봐도 돼요?

그래.

이렇게 끊임없이 돌아다니는 게 아저씨 운명이기도 한가요?

4

운명에 관해 말한다는 게, 나 같은 열일곱 여자애한테
는 어울리지 않는다고 생각할지 모르겠다. 친구에게 '넌
운명을 믿어?'라는 말을 꺼냈다가 등판만 세게 얻어맞
은 적도 있다. 하지만 살아 있는 사람이라면, 적어도 자
기 인생에 어떤 불온한 낌새를 느껴본 적이 있는 사람이
라면, 한 번쯤 운명이라는 묘한 단어에 관심을 갖게 되지
않을까.

나는 그렇다. 초등학교 6학년 봄, 처음 내 몸에서 흘러
나오는 피를 보았을 때도, 중학교 2학년 가을, 정말 작은
배낭 하나만큼의 짐만 챙겨 엄마가 사라졌을 때도, 작년
겨울 계단에서 구른 할머니가 다시는 일어설 수 없을지
도 모른다는 불안에 시달리던 밤에도 나는 운명을 생각
했었다. 그건 마치 내가 세상에서 제일 두려워하는 사마

귀나 뱀 따위의 긴 생명체가 나를 칭칭 감고 조르는 기분이었다.

엄마가 떠나기 전, 엄마가 만나던 남자를 딱 한 번 본 적이 있었다. 엄마가 일하던 식당 앞에서 엄마는 남자와 손을 잡고 있었다. 그는 비현실적으로 가늘고 길었다. 어쩌면 얼굴부터 발끝까지 하나의 긴 선으로 연결된 것이 아닐까 싶은 모습이었다. 그의 그림자는 그보다 더 길었다. 그에 비해 엄마는 작고 동그랬다. 그가 입을 열고 엄마의 귀에 뭐라고 속삭이자 엄마가 처음 듣는 목소리로 웃었다. 한 덩이의 엄마 그림자가 물감처럼 흩어졌다. 엄마는 왜 저런 남자를 좋아하는 것일까. 집으로 돌아오는 길에 괜히 눈물이 났다. 그날 밤 엄마는 집에 들어오지 않았고, 할머니는 미친년이라며 나란히 누운 나와 진영이 옆에서 지치지도 않고 엄마를 욕했다.

왜 트럭에서 살아요?

글쎄. 한곳에 멈춰 있는 걸 참을 수 없었다고 하면 이해하겠니.

하지만 이 안에만 있으면 답답하지 않나요?

난 늘 떠돌고 있잖니. 이 창을 통해 누구보다도 많은 사람과 많은 것들을 본단다. 형편없지만, 가장 재밌는 서커스를 보고 있는 셈이지.

　서커스요?

　그래, 이렇게 오랫동안 떠돌아다니다 보니 그런 생각이 들더구나. 이렇게 살기 전에, 난 내 삶이 가엾은 피에로 같다고 생각했어. 하루하루 포악한 단장이 휘두르는 채찍을 피하려고 억지로 웃고 춤춘다고 생각했지. 그런데 아니었어. 이렇게 앉아 세상을 보고 있으니 내가 아닌 저 사람들이 줄에 매달리고 칼을 던지고 아슬아슬한 묘기를 부리고 있다는 걸 알았지. 단장도, 피에로도, 관객도, 저곳에선 구별이 없어. 그저 모두 자기 삶을 건 서커스를 하고 있을 뿐. 난 여기에 앉아 지켜보기만 한단다.

　그래서 아저씨 아이디가 서커스 유랑마차였군요.

5

무작정 집을 뛰쳐나왔다. 손에 잡히는 대로 들고나온 가방엔 그날 학교에 가져갔던 교과서와 노트 몇 권이 들어 있었다. 조금 막막했다. 벌써 두 시간째 동네 근처를 맴돌고 있었다. 다리도 아프고 배도 고팠다. 엎어버린 라면이 그리웠다. 제길, 그거라도 먹고 나오는 건데. 할머닌 언제나 먹을 때 성질을 건드린단 말이야.

사건의 발단이 된 건 휴대전화였다. 두 달 전 할머니를 달래고 구슬려 얻어낸 전화기. 최신폰은 아니었지만, 폴더폰만 아니라면 상관없었다. 올해 중학생이 된 진영이는 그런 나에게 넌 언제쯤 철이 들 거냐며 애늙은이 같은 소리를 했다. 전날 밤 내가 잠든 줄 알고 내 휴대전화로 게임을 하던 건 모른 척해줬다. 문제는 며칠 전 날아온 요금청구서였다.

썩을 전화기 당장 없애버려!

할머니는 이제 막 그릇에 라면을 퍼 담고 있던 나를 향해 소리를 질렀다.

이년아, 그 돈이면 우리 세 식구 한 달 반찬값이다. 하도 졸라대기에 사줬더니 뭔 지랄 났다고 마구 퍼 써댔냐. 즈그 집 바가지 새는 줄도 모르는 게 허영심만 그득해서는, 누가 그년 딸 아니랄까 봐.

라면 그릇을 엎은 건 순간이었다. 놀란 진영이가 소리를 지르며 걸레로 방바닥을 닦고, 할머닌 또다시 이년 저년 하며 빗자루를 찾아 부엌으로 뛰쳐나갔다.

지 남편 잡아먹은 년, 자식까지 배리고 남자 따라 도망친 죽일 년, 니가 그년 딸이지, 그럼 누구 딸이냐!

나는 뭐 엄마 혼자 나았어? 맨날 식구들이나 괴롭히다 죽은 아빠를 왜 엄마가 죽였다고 하는데! 그러는 아빠는 도대체 누가 낳았는데! 핸드폰 요금 내줄 능력도 없으면서 낳기는 왜 낳고, 죽기는 왜 죽고, 도망은 왜 가는데!

그렇게 뛰쳐나온 게 지난 일요일이었다. 그날 밤은 부모님이 새벽 장사를 하는 선영이 집에서 시험공부를 핑계로 지낼 수 있었다. 선영이는 이불 속에 누운 나를 두고 일주일 전 채팅사이트에서 만난 회사원과 밤새도록 화상 통화를 했다. 나도 켜볼까, 했지만 선영이는 캠을 얼굴 앞에 고정해놓은 채 뒤도 돌아보지 않았다. 다음 날, 선영이네는 할머니 제사 때문에 친척 집에 갔고, 난 피시방에서 밤을 새웠다. 밤새 게임을 하고 나니 그것도 곧 시들해졌다. 가진 돈은 만삼천 원뿐이었다. 아침에 피시방에서 나와 근처 찜질방으로 갔다. 늘어지게 자고 나서 다시 지하 피시방으로 내려갔다.

돈이 필요했다. 밤마다 끙끙 앓는 소리를 내는 할머니 약을 살 돈, 중학생이 된 진영이를 학원에 보낼 돈, 유행하는 스타일의 바람막이를 살 돈, 마음껏 휴대전화를 쓰고 요금을 낼 돈. 나는 가끔 선영이가 채팅을 하던 사이트에 접속했다. 선영이는 처음엔 좀 힘들었지만 이젠 괜찮다고 했다.

결국, 익숙해지는 것이다.

나는 곰돌이 푸우를 떠올리며 아이디를 '푸우푸우'라고 만들었다. 채팅방에서 만난 아저씨의 아이디는 '서커스 유랑마차'.

할머니가 작은 수레에 폐지를 주울 때면 지나가는 사람들이 할머니를 피해 돌아갔다. 어느 낡은 빌라 앞에서 박스에 붙은 테이프를 뜯어내던 할머니를 보고 아줌마가 소리를 쳤다.

지저분하게 이렇게 해놓으면 어떡해요! 더러워 죽겠네.

할머니는 미안하다는 말 대신 내가 한 게 아니라며, 큰소리를 쳤다. 나는 멀리서 지켜보다 다른 길로 도망쳤다.

나는 지금 서커스단의 마차에 탄 난쟁이일까. 하지만 지금 구경꾼은 나다. 내가 관객이고 저들이 서커스단이다. 그렇게 생각하니 기분이 좋아진다.

6

트럭 밖으로 나가기도 하나요?

가끔은.

뭘 하나요? 트럭 밖에서는.

지나치다가 근사한 풍경을 보면 차를 세운단다. 그러곤 걷는 거지. 그곳이 어디인지, 어디로 가는 길이었는지는 생각하지 않고.

지금, 우린 어디로 가고 있나요?

그건 나도 모르겠구나. 어디로 가는지는 온전히 운전사의 몫이거든. 그들이 가고 싶은 곳으로, 그냥 가는 거야.

네……. 그런데, 아저씬 왜 채팅방에 들어온 거예요? 아저씬 왠지 그런 데는 어울리지 않아 보여요.

얼마 전인가, 미스터 최가 권하더군. 한번 들어가보라고. 내가 너무 이 안에만 갇혀 지낸다고 걱정이 된다며 말이야. 나도 가끔은, 누군가와 얘기를 하고 싶기도 하고. 하지만 넌 생각보다 많이 어려 보이는구나. 스무 살이 넘었다고 했던 것 같은데.

죄송해요. 그건, 그렇게 말하지 않으면 아저씨가 만나주지 않을 것 같아서 그랬어요.

후회하고 있니?

후회요? 집을 나온 거요? 아니면 학교에 안 간 거요? 글쎄요, 조금 전까지만 해도 아무 생각 없었는데, 아저씨한테 얘기하고 나니 제가 좀 심했다는 생각도 드네요. 우리 할머니, 욕은 좀 많이 해도, 그렇게 나쁜 사람은 아니에요. 아, 여기 온 걸 후회하느냐고 물으신 거예요? 아니요. 아저씬 좋은 사람 같아요. 이 트럭, 아니 이 집도 신기하고요. 제가 언제 이런 데 와볼 수 있었겠어요.

여전히 눈앞으로 낯선 장면들이 광고처럼 빠르게 지나간다. 지금 내가 어디쯤 있는 것인지, 창밖의 세상은 낯선 모습으로 가득하다. 해가 지면서 차 안이 온통 불에 댄 듯 붉게 물든다. 이렇게 차를 타고 멀리 나와보는 건 처음이었다. 그동안 우리 네 식구가 어디 멀리 갈 일이 있었을까. 어린이날에도 기껏 간다는 게 집에서 버스를 타고 가는 대공원뿐이었다. 다른 아이들 손에는 키티나

공룡 풍선이 들려 있었지만, 진영이와 내 손에는 아무것도 없었다. 그래도 좋았다. 엄마가 일을 쉬고 우리와 함께 있어줘서, 같이 놀이공원에 와줘서.

진영이와 난, 몇 시간을 꼬박 줄을 서고서야 겨우 다람쥐통 하나 타는 게 고작이었다. 네 명이 탈 수 있는 커다란 통조림 모양의 통 안에 진영이와 난, 옆으로 나란히 꼭 붙어 앉았다. 앞자리엔 우리 또래의 여자애들 둘이 앉았다. 우리는 이제 막 벌어질 마술 같은 시간을 기다리며 눈앞의 쇠봉을 힘주어 잡았다. 직원이 다가와 안전바를 채워주고 가자 심장이 두근두근 뛰었다. 안내방송이 나오고 다람쥐통이 굴러간다. 우리는 신나게 소리를 지른다.

통이 뱅글뱅글, 세상이 빙글빙글.

우린 허공에 매달린 채 한참을 돈다. 밑에 앉은 여자애 둘도 신나게 소리치며 웃고 있다. 멀리서 코끼리가 발을 구르는 소리, 솜사탕이 녹아내리는 소리, 풍선이 하늘로 날아가는 소리, 롤러코스터가 밑으로 곤두박질치는 소리가 들려온다. 나는 다람쥐통에 갇힌 다람쥐처럼 구르고 또 구른다. 소리친다. 저 멀리서 엄마가 우리를 향해 손을 흔든다.

굴러라, 굴러!

우리 집 낡은 책상 서랍에는 그보다 더 낡은 앨범 한 권이 들어 있다. 갈색 앨범의 겉장을 넘기면 기저귀를 차고 있는 내 어릴 적 사진이 똑같은 포즈를 한 진영이의 사진과 나란히 붙어 있다. 사진 속 나는 금방이라도 울음을 터뜨릴 것 같은 얼굴이다. '축 돌'이라는 단어가 어설픈 합성사진처럼 오른쪽 한 귀퉁이에 박혀 있다. 한 장을 넘긴다. 비어 있다. 한 장을 더 넘긴다. 몇 장이고 넘겨봐야 아무것도 없다. 마지막 장에 가서야 한 장의 사진을 찾을 수 있다.

동네 어디인 것 같다. 여름이다. 반바지를 입은 엄마는 환한 웃음을 머금고 있다. 마지막 기억 속의 엄마보다 조금 더 뚱뚱하다. 엄마의 양옆엔 똑같은 꽃무늬에 색깔만 다른 원피스를 입은 나와 진영이가 바짝 붙어 서 있다. 배가 볼록하게 나온 나는 한 손에 빨간색 하드를 들고 있다. 나보다 몸집이 작은 진영이의 손에는 아이스크림이 들려 있다. 진영이 옆엔 옆으로 선 아빠가 있다. 옆모습뿐인 아빠의 얼굴은 표정을 알 수 없다.

술을 먹지 않은 아빠는 그렇게 나쁘지 않았다. 하지만 술에 취하면 달랐다. 엄마는 아빠의 목소리가 커지면 한

숨을 쉬었다. 그리고 지겹다는 듯 이불을 뒤집어썼다. 무시한다고 아빠가 엄마에게 화를 내면 엄마도 아빠에게 소리를 질렀다. 그럴 때면 상이 엎어지고 몇 개 없는 가구들이 부서졌다.

나는 내가 가난하다는 걸, 그러니까 초등학교에 가서야 알았다. 주말 동안 뭘 했는지 발표해보라는 선생님 말에 짝이 일어나 말했다. 엄마 아빠랑 펜션에 가서 수영도 하고 밥도 먹고 놀았어요. 진호는 가족 여행을 다녀왔구나. 다른 친구들은? 그러자 너도나도 자랑하려는 듯 소리를 쳤다. 전 코끼리도 봤어요. 전 방학 때 외국에 가요. 우린 백화점 가서 장난감 샀어요. 난 아무 말도 하지 못했다. 가족 여행이라는 게 뭔지 알지도 못했다.

아빠는 어느 날 집을 나가 돌아오지 않았다. 몇 년 후, 엄마는 아빠가 죽었다는 연락을 받고 할머니와 함께 아빠를 묻고 돌아왔다.

망할 놈이 여편네고 자식이고 버리고 가서는 죽어 나자빠질 것을. 차라리 술 처먹고 때려 패도 좋으니 살아만 있으면 내가 이러고는 안 살지. 아이고, 박복하고 서러운 내 팔자야. 서러운 신세야.

할머니가 수백 번도 더 하는 말이다. 그러니 그 사진이 우리 가족의 유일한 가족사진인 셈이다.

7

아저씨, 그거 알아요? 아저씬 유명한 배우하고 닮았어요. 전 그렇게 생각할래요. 나는 지금 배우와 같이 있다, 그렇게 생각하면 저도 유명한 사람이 된 기분일 거예요. 사실 제 꿈이 배우가 되는 거예요. 물론 이 얼굴로 쉽지는 않겠지만요.

……

아저씨, 하나만 더 물어볼게요. 아저씬, 외롭지 않나요?

엄마가 떠나기 전, 나는 수학학원 선생님을 좋아했다. 중학생이 될 때까지 학원 한번 다녀본 적 없었는데, 처음으로 선영이가 다니는 수학학원에 가고 싶었다. 학원비는 비쌌고, 엄마는 한숨을 쉬었지만, 다음 날 학원비를 줬다. 떠나기 전 마지막 선물이었을까.

수학 선생님은 대학을 졸업하고 공무원 시험을 준비한다고 했다. 아이돌을 닮은 외모 때문에 학원에서 인기가 많았다. 첫 수업 시간에 선생님을 보자마자 사랑에 빠졌다. 일주일에 세 번, 두 시간 동안 나는 세상 누구보다 행복했다. 틀린 문제를 가르쳐주며 선생님이 내 옆에 앉기라도 하는 날이면, 미칠 듯이 심장이 두근거렸다. 선생님 말은 한마디도 들리지 않았고, 머리에선 열이 났다. 선생님 손이 내 등을 톡톡 두드리고 지나가면 온몸이 막대처럼 뻣뻣해졌다.

어느 날 수업이 끝나고 선영이와 학원 앞에서 선생님을 기다렸다. 선생님이 나오는 것을 본 우리는 우연인 척 선생님에게 다가갔다.

선생님, 배고픈데 맛있는 거 사주세요.

너무 늦은 거 아니야? 벌써 10시가 넘었는데. 부모님 걱정하시겠다.

엄마한테 허락받았어요. 맛있는 거 사주세요.

거짓말이 술술 나왔다. 우리는 길거리 포장마차에 서서 떡볶이를 먹었다. 선생님과 함께 있는 시간이 꿈만 같았다. 선생님이 같이 먹으라며 따뜻한 국물이 담긴 종이컵을 건넸다.

공부하느라 힘들지?

말하는 선생님의 얼굴엔 표정이 없었다. 무척 지친 사람 같아 보였다. 매일 밤, 집으로 돌아오던 엄마의 얼굴처럼.

그래도 지금 열심히 하면, 나중엔 다 괜찮아질 거야.

등 뒤에서 찬 바람이 불어왔고, 아직 겨울을 준비하지 못한 나는 선생님의 입에서 나오는 입김을 보는 것만으로도 행복했다.

전철역에서 선생님과 헤어지고 집으로 돌아와 밤새 잠을 설쳤다. 선생님의 손을 잡고 싶었다. 선생님과 둘이서만 얘기하고 싶었다. 선생님이 내 이름만, 계속 불러주면 좋겠다고 생각했다.

다음 날 아침 엄마가 보이지 않았다. 엄마는 어딨냐는 말에 할머니는 어두운 표정으로 학교 갈 준비나 하라고 했다. 나는 진영이와 집을 나섰다. 다음 수업까지 어떻게 기다려야 하나, 온통 선생님 생각뿐이었다.

엄마는 사라졌고, 더는 학원비를 낼 수 없었다. 그 사실이 부끄러워서 학원에 가지 않았다. 선생님을 다시는 볼 수 없었다. 엄마만 돌아오면, 선생님을 볼 수 있을 거라고 기대했다. 몇 달 후, 선생님이 학원을 그만뒀다는 선영이의 말을 들었다. 엄마는, 돌아오지 않았다.

트럭은 고속도로 위를 달린다. 창밖은 어느새 까만 어둠이다. 지나쳐 사라지는 풍경은 그저 검고 거대한 그림자일 뿐이다. 트럭은 지금 고속도로를 달리고 있다. 차가 출발하고 아저씨는 내게 어디로 가고 싶냐고 물었다.

이 세상, 끝이요. 더는 앞으로 갈 수 없어서, 되돌아올 수밖에 없는 곳으로요.

왜 그런 대답을 했는지 모르겠다.

세상의 끝이라니. 그런 곳이 있기는 한 걸까.

아저씨는 인터폰 같은 작은 기계의 버튼을 누른 채 운전사에게 목적지를 말했다. 그리고 전기 포트에 물을 데워 차를 끓여줬다. 나는 소파에 앉아 뜨거운 차를 한 모금 마셨다. 어젯밤 피시방에서 밤을 새워서인지 몰려드는 졸음을 참을 수 없었다.

목덜미와 무릎 사이로 누군가의 손길이 느껴진다. 허공으로 붕 떠오르는 느낌. 아무리 눈을 뜨려고 해도 눈을 뜰 수가 없다. 또 가위에 눌린 걸까. 나는 자주 가위에 눌린다. 잘 자다가도 서늘한 기운에 잠이 깬다. 하지만 아무리 눈을 뜨려고 해도, 손을 움직이려고 해도, 소리를 지르려 해도, 아무것도 할 수 없다.

몇 번인가는 소스라치게 놀라 깨어난 적이 있었다. 가쁜 숨을 몰아쉬다 옆을 돌아보면 잠들어 있는 할머니와 진영이가 보였다. 나는 둘 사이로 비집고 들어가 눈을 감았다.

하지만 지금 이건 가위는 아니다. 두렵거나 무섭지 않다. 나는 다만 너무 졸리다. 너무 졸려서 눈을 뜰 수가 없다. 모래 함정에 빠진 작은 벌레처럼 자꾸만 어디론가 빠져든다. 내 힘으로는 도저히 벗어날 수 없는 깊고 어두운 모래 구덩이 속으로.

8

　일어날 수 있겠니?

　네? 여기가 어디예요?

　바다에 왔단다. 여기가 네가 말한 그곳인지는 모르겠지만. 일어날 수 있으면 같이 나갈까?

　저, 얼마나 잔 거예요?

　두 시간 정도. 차에서 자는 게 불편했을 텐데 많이 피곤했나 보구나.

　밖에 나갈 수 있어요?

　그래, 나도 좀 걷고 싶구나. 이제 곧 해가 질 거야.

　나는 아저씨와 나란히 트럭에서 내렸다. 트럭은 해변 주차장에 서 있었다. 발에 느껴지는 땅의 감각이 어색했다. 천천히 주위를 둘러보니, 멀리 빛을 밝힌 크고 둥근 대관람차가 느리게 돌고 있었다. 이곳은 어디일까. 나는 아저씨를 따라 옅은 오렌지색으로 물들어가는 바다를 향해 걸었다.

해변에서 보니, 아주 작고 붉은 덩어리가 바닷속으로 숨어들고 있었다. 해는 생각보다 빠르게 사라졌다. 하늘은 표현하기 힘든 푸른빛이었고, 바다는 검붉었다. 하늘과 바다는 수평선에서 만나 숨을 고른 채 머물렀다. 아름다운 풍경이었다. 우리는 다시 걸었다. 차가운 모래가 운동화 속으로 미끄러지듯 들어왔다. 주변 상점엔 뭔가를 먹거나 물건을 사는 사람들이 있었다.

넓은 공터 앞에서 멈춰 섰다. 낡은 놀이동산이었다. 여기저기 페인트가 벗겨진 바이킹과 작은 기차, 회전목마가 보였다. 천천히 돌고 있는 거대한 대관람차가 모두를 내려다보고 있었다. 무지개색이었을 빛바랜 천막 위로 큰 풍선이 현수막을 매단 채 이리저리 흔들리고 있었다. 공연 시간이 아닌 듯, 피에로 옷을 입은 남자가 텅 빈 천막 입구 의자에 앉아 있었다. 목줄이 채워진 개 한 마리가 옆에서 낮은 목소리로 으르렁거렸다. 벽면엔 서커스 장면이 담긴 사진들이 가득 붙어 있었다. 가장 큰 사진에는 허공을 날고 있는 화려한 옷을 입은 금발 소녀의 모습이 담겨 있었다. 소녀는 매일 허공에 매달려 흔들리고 있는 것일까. 소녀는 어디에서 왔을까. 어떻게 이 먼 곳까지 오게 됐을까. 소녀의 눈엔 두려움이 가득했다.

나도 모르게 울음이 터져 나왔다. 난 고작 열일곱 살일 뿐인데. 할머니가 보고 싶었다. 진영이가 보고 싶었다. 학교에 가고 싶고 친구들과 수다를 떨고 싶었다. 엄마는 언젠가 돌아올지도 모른다. 내 운명이 그럴 거라고 한다. 이런 곳이 세상의 끝이라면, 돌아가고 싶었다. 가능하면 멀리, 벗어나고 싶었다. 나는 살며시 아저씨의 소매를 잡았다.

트럭은 바다를 뒤로한 채 출발했다.
다시 만날 수 있을까요?
…….
아저씨가 보고 싶어질 것 같아요.
나는 언제나, 떠돌고 있으니, 네가 원한다면 찾아낼 수 있을 거야. 만약 이 트럭을 보게 되면 차를 멈추게 하렴. 넌 언제든지 올라탈 수 있으니까.
아저씨의 눈이 넓은 창을 향했다. 어두운 도로에는 차들이 많지 않았다.

9

네가 물었지? 외롭지 않냐고. 외롭단다. 그것도 아주
많이. 하지만, 외롭다는 이유만으로 이 트럭에서 내릴 수
는 없었어. 외로움은 내가 가진 감정들 중 일부일 뿐이
지. 나는, 외로움보다 더 견디기 힘든 일들이 많았단다.
그래서, 이 트럭이 필요했던 거야.

왜 혼자 끝없이 떠도는 건지 묻고 싶었지만 묻지 못했
다.

아저씨, 사실 저도 그래요. 외로움보다 더 무서운 게
많아요. 아니 어떨 땐 차라리 혼자인 게 나을 거라는 생
각도 해요. 혼자라면, 할머니도 진영이도 나도 혼자였다
면. 엄마도 아빠도 그랬다면, 우린 모두 서로에게 상처를
주지 않았을지도 모르잖아요…….

날뛰는 말들을 가만히 입안에 가뒀다.

트럭은 집 근처 큰길 앞에 나를 내려주고 떠났다. 집 앞까지 올라가기엔 골목이 너무 좁았다. 트럭이 사라지고 나자, 다시는 저 트럭에 타지 못할 거라는 예감이 들었다.

집으로 돌아가자.

나는 어두운 골목길을 걸었다. 뒤돌아 보니 서커스 유랑마차는 이미 불빛 너머로 사라진 후였다.

10

그 후, 트럭을 다시 보지 못했다. 한동안은 트럭에 관한 사고 소식에 민감하게 반응하기도 했었다. 하지만 이젠 트럭의 모습도 흐릿하다. 나는 집으로 돌아와 학교에 다녔고, 우연히 학교 게시판에 붙은 백일장 대회에 응모해 상을 받아 지방대학 문학부에 입학했다.

요즘도 가끔 여러 데이트 앱에 들어간다. 하지만 '서커스 유랑마차'라는 아이디는 어디에서도 찾을 수 없었다. 그날 헤어지며 아저씨가 내게 준 봉투에는 예상보다 많은 돈이 들어 있었다. 봉투 안에는, 이 돈은 나보다 너에게 더 필요할 것 같다는 메모가 적혀 있었다. 나는 그 돈을 어떻게 써야 할지 알 수 없었다. 봉투는 서랍 안 앨범과 함께 잊혔다. 대학에 합격하고 첫 학기 입학금과 등록금이 필요했을 때, 봉투가 떠올랐다. 그 후엔 끝없이 아르바이트를 하며 학비를 벌었다.

　지금은 학원에서 아이들을 가르치고 있다. 몇 달 전에야 남았던 학자금 대출을 갚았지만, 월세와 생활비는 여전히 빠듯하다. 할머니는 대학에 가겠다는 나를 한심하게 여겼지만, 오래 욕을 하지는 않았다. 삼 년 전 겨울, 길에서 쓰러진 후 얼마 지나지 않아 돌아가셨다. 대학에 가지 않은 진영이는 스무 살이 되고 친구와 먼 나라로 떠났다.

　엄마는 결국 돌아오지 않았다.

　모두가 떠났지만, 그것마저 익숙해졌다.

11

바다는 잔잔하다. 커피와 둥근 빵이 든 쟁반을 들고 그가 앞에 앉는다. 그의 눈에 비친 내 모습은 어떨까. 웃고 있는 그의 얼굴은 그리운 누군가를 떠올리게 한다. 어린 시절 사진 속의 아버지를, 겨울밤 차가운 손을 잡아주던 할머니를, 어깨를 감싸며 괜찮을 거라고 말해주던 선생님을, 바로 이 바다에, 세상 끝에 나를 데려와준, 이름도 모르는 아저씨를. 이제 다시는 만날 수 없는, 모든 그리운 사람들을 불러낸다.

고개를 돌려 멀리 바다를 바라본다. 거짓말처럼 하얀 눈꽃이 흩날린다. 아직 눈이 내리기엔 이른 11월인데.
눈은 벚꽃처럼 흐드러지게 흩날린다. 해변에서 누군가 폭죽을 쏘아 올린다. 불꽃은 여러 빛깔로 화려하게 퍼졌다가, 한순간, 흔적 없이 사라진다.

이제 나는, 서러움이 무엇인지 알고 있다.
사라진 불꽃 너머 다시 내게 손짓하는 저 흰 연기처럼.

찬란한 날들

고요한 산사에 종소리가 울려 퍼진다. 무겁고 깊은 소리는 오랜 세월을 건너 지금 내 앞으로 다가오고 있다. 소리의 울림으로, 나는 그 여운을 이해한다. 아마도 저 종은 깊게 울고 있으리라. 그렇지 않고서는 드넓은 산을 울리는 이 떨림을 설명할 길이 없다.

오월의 햇살이 한여름처럼 뜨겁다. 스님이 마당에서 싸리비질을 하는 방향으로 흙바람이 일어났다 가라앉는다. 하룻밤 절에 머문 후, 집으로 돌아가야 할 시간이다. 나에게 아직 돌아갈 집이 있을까, 물음은 혀끝에 남는다.

캐나다로 가겠다고 하자, 남편은 나를 이해할 수 없다고 했다. 하지만, 이건 내가 내 삶에 주는 처음이자 마지막 기회였다. 나는 떠나야만 했다. 서른둘, 무엇을 시작하기에 이른 나이라고는 할 수 없었다. 하지만 상담을 해

준 유학원 실장은 나이는 문제가 되지 않는다고 했다. 내 의지만이 모든 것을 가능하게 할 거라고, 신만이 답을 알고 계신다는 말도 덧붙였다. 그녀의 책상에는 아기 예수를 품은 마리아상이 놓여 있었다.

실장은 노트북 화면을 내 쪽으로 돌리며 추천학교의 영상이 담긴 화면을 보여주었다. 오래된 성당이 눈에 띄는 가톨릭계 학교였다. 토플 점수 대신 자체 영어 연수 코스를 이수하는 조건으로 입학허가를 내준다고 했다. 저곳에서, 나는 어떤 기도를 하게 될까.

"결혼은 했어요?"

"네."

"아이는요?"

"일곱 살 남자아이 하나요."

"그럼 초등학교에 보내야겠네요. 알고 계시죠? 엄마가 학교에 다니면 아이는 무료로 공립초등학교에 다닐 수 있어요. 아이 교육 때문에 엄마들이 이쪽으로 많이들 가세요. 겨울에 추운 게 단점이긴 한데, 그래도 엄마가 어학연수만 받아도 아이 학비가 무료라서 엄마랑 아이들이 많이 몰리고 있어요. 아빠는요? 같이 안 가는 거예요?"

템플스테이에 참여하게 된 건 친구 유정 때문이었다. 한국을 떠나기 전, 함께 시간을 보내고 싶다는 말에 선 뜻 1박 2일 체험형 템플스테이를 예약했다. 하지만 전날 저녁, 급한 일이 생겼다는 유정의 연락을 받고 혼자 절로 향하는 버스에 올랐다. 사진 속 그 절이, 깊은 산속에 안 기듯 숨은 그 절이, 자꾸만 나를 부르고 있었다.

버스에서 내려 식당들이 늘어선 오르막길을 걸어 올 라갔다. 기름에 튀겨지는 전 냄새가 아득했다. 오랜만에, 나무에 매달린 싱싱한 초록잎들이 눈에 들어왔다. 떠날 준비를 하는 동안 다른 생각은 할 수가 없었다. 계절이 바뀌고 있다는 걸 그제야 실감했다. 내리쬐는 햇살에 정 수리가 뜨거웠다.

절 입구에 거대한 나무 두 그루가 서 있었다. 600년 된 은행나무라는 안내문 옆 벤치에 앉아 내 품보다 한참은 두꺼운 나무를 쓰다듬어보았다. 긴 시간을 한곳에 머문 나무의 껍질은 바짝 마른 가뭄의 벌판처럼 거칠고 날카 로웠다. 안내문에는 언제부터인가 암수 두 그루가 열매 를 맺지 않는다고 적혀 있었다. 찬유가 태어난 후 더 이 상 잠자리를 하지 않게 된 남편과 나처럼. 아이가 돌 무 렵, 잠든 찬유 옆에서 내 옷을 벗기려는 남편의 손을 거 칠게 밀어내고 난 후, 남편은 더는 내게 다가오지 않았다. 스스로의 의지인지, 저항할 수 없는 자연의 흐름인지, 알 수 없었다.

아이의 두 번째 생일에 남편과 나는 휴가를 내고 해외여행을 떠났다. 신혼여행 이후 처음 떠나는 여행이었다. 금요일 밤에 출발해 화요일 새벽에 도착하는 3박 5일 저가 패키지여행. 화요일에 출근하려면 힘들겠지만, 월요일 하루만 휴가를 내는 일정이라 부담이 덜했다. 그 하루의 휴가도 만만치는 않았지만. 두 살 미만은 유아 비용만 지불하기 때문에 아이가 두 돌이 되기 전에 출발해야 했다.

남편은 여행을 좋아하지 않았다. 여행에 돈 쓰는 걸 이해하지 못했다. 짧은 연애 기간엔 몰랐던, 남편의 단점 중 하나였다. 하지만 나는, 언제나 여행을 꿈꿨다. 넘쳐나는 여행자들의 글과 사진들을 보며 삶의 희망을 느꼈다. 나와 비슷한 또래 여자들이 비키니를 입고 해변에서 웃는 모습은, 출근하는 지하철 안에서 사람들 사이로 몸을 밀고 들어가는 현실을 잠시나마 잊게 해줬다.

경기도 외곽에서 서울까지, 매일 왕복 네 시간 거리를 출퇴근하며 20대를 보냈다. 그날들도 여행이라고 부를 수 있을까, 일을 마치고 취객들로 가득한 늦은 밤 전철

안에서 내가 눈물을 흘렸던가, 기억나지 않는다.

대학 3학년 때 영등포에 있는 공무원 학원에 등록했다. 평생 일하면서 연금으로 노후를 보장하는 직업은 공무원뿐이었다. 스물둘, 내 발로 올라설 수 있었던 유일한 피난처.

공사장에서 일하는 아버지와 청소 일을 하는 어머니는 마흔이 다 되어서 나를 낳았다. 두 분은 지쳐가고 있었다. 언제까지 일을 할 수 있을지도 알 수 없었다. 학년이 올라가는 일은 늘어나는 대출금을 계산하는 실감일 뿐이었다. 학교를 휴학하고 공무원 시험을 준비했다. 학원비를 마련하는 일조차 쉽지 않았다. 학원이 끝나는 5시부터 밤새 편의점에서 일했다. 새벽 손님이 뜸한 시간이면 의자에 앉아 졸다 깨어났다.

다니던 학원에서 남편을 만났다. 남편은 언제나 맨 앞자리에 앉아 무언가를 열심히 적고 있었다. 남편의 뒷자리에 앉았던 날, 남편이 잠시 자리를 비운 사이 무심코 책상 위에 펼쳐진 노트를 보았다. 빽빽한 필기들 사이로 여러 번 동그라미를 친 문장 하나가 눈에 띄었다.

살아남자.

그의 삐딱한 글씨를 보는 순간, 나도 모르게 먹먹한 기분이 되었다. 남편이 돌아와 의자에 앉으며 나를 보았는지는 모르겠다. 다음 날, 편의점에서 가져온 비타민 음료를 남편 책상에 놓아두었다. 남편은 이상하다는 듯, 주변 사람들에게 무언가를 묻는 듯했지만 아무 대답도 듣지 못하자 병을 바닥에 내려놓고 자리를 떴다. 그 후로 가끔 나는 그의 뒷자리에 앉았다. 우리 사이엔 아무 일도 일어나지 않았지만, 나는 그의 문장을 내 다이어리에 적어두었다.

나 역시 살아남고 싶었다.

시험은 어려웠다. 첫해 시험에서 떨어지고 아침이면 코피를 쏟는 나를 보며 엄마는 화를 냈다. 차라리 빨리 졸업하고 취직을 해 월급을 받아오라고 했다. 한 해만 더 해보고 싶었지만, 포기할 수밖에 없었다. 시험공부도 마음대로 할 수 없었다. 시험을 포기하고 남은 학원비를 환불받으러 간 학원에서 남편과 마주쳤다.
"전 시험 포기했어요. 꼭 합격하세요."
남편은 안경 속 작은 눈을 크게 뜨고 당황한 듯 나를 보다 돌아섰다. 그리고 몇 걸음 걸어가다 돌아와 말했다.

"다음 시험이 4개월 뒤라, 괜찮으면 그때 만날 수 있을 까요?"

나는 남편에게 휴대폰 번호를 알려주었다. 남편이 시험을 준비하던 4개월 동안 우리는 가끔 문자로 안부를 주고받았다. 남편은 자신의 뒷자리에 앉는 나에게 신경이 쓰였다고 했다. 누군가 자신을 지켜보고 있는 듯 뒤통수가 불에 덴 느낌이었다고.

나는 온라인대학 사회복지학과로 편입을 했다. 다니던 대학보다 학비가 저렴했고 무엇보다 원하는 시간에 강의를 들을 수 있어, 아르바이트를 하면서도 과정을 수료할 수 있었다. 아침엔 편의점에서, 저녁엔 패밀리레스토랑에서 서빙 아르바이트를 했다. 쉬는 날은 없었다. 남편에게서 잘 지내냐는 메시지가 오면 화면에서 이상한 온기가 느껴졌다. 바탕화면에 깔린 푸른 바다와 잎을 길게 늘어뜨린 적도의 나무 사진을 보며, 남편과 내가 함께 해변에 누워 있는 장면을 상상하고는 했다.

사무국에서 갈아입을 옷과 침구를 받아 하룻밤 머물 방으로 걸음을 옮겼다. 머리 위로 며칠 전 지난 석가탄신일을 기념하는 색색의 소원등들이 바람에 흔들리고 있었다. 누군가의 이름과 소원이 적힌 수백 개의 등이 흔들리는 모습은 아름다웠다. 내가 머물 방에는 오늘 못 온 유정을 포함해 모두 일곱 명이 머문다고 했다. 기와를 얹은 한옥은 고등학교 수학여행 때 갔었던 단체 숙소처럼 텅 비었고, 지나치게 넓었다. 나는 한구석에 침구를 펴고 가방을 내렸다. 펼친 요 위에 누워 열린 문으로 먼 하늘을 올려다보았다. 하늘은 높은 듯 낮았고, 구름은 산 주위로 옅은 안개처럼 펼쳐져 있었다. 간간이 옆방 사람들의 웃음소리가 들려왔다.

"석가모니를 모셔놓은 곳이 바로 대웅전입니다. 이 건물을 지을 때부터 전해 내려오는 이야기가 있는데요. 오래전 한 목수가 출장을 와서 이 건물을 지었다고 합니다. 고향에서 멀리 떨어져 일하게 되어, 일하는 중간중간 산에서 내려가 마을 주막에서 식사를 해결했다고 합니다. 그러다 주막 여주인과 사랑에 빠지게 됩니다. 대웅전을 다 짓고 나면 같이 고향으로 가자고 약속한 목수는 여주인에게 자신이 받은 보수를 모두 건네주지만, 마침내 건물이 완성되고 떠날 날이 다가오자 여주인은 돈을 들고 홀연히 사라져버립니다. 화가 난 목수는 건물 처마 귀퉁이 네 곳에 여자인지 원숭이인지 구분이 되지 않는 네 개의 조각을 새겨 넣습니다. 무거운 지붕을 두 손으로 받치고 있는 모습이 힘겨워 보이는데요. 저기 저쪽 건물 귀통이 위쪽을 보시기 바랍니다. 자신을 버리고 떠난 여자가 평생 괴로운 짐을 짊어지고 살아가라는 저주의 마음을 담았다네요. 물론 믿거나 말거나지만 말입니다."

절을 소개하는 젊은 스님은 내내 웃는 표정이었다. 햇살을 가리려 챙이 넓은 모자를 쓴 스님의 마른 어깨로 승복이 흘러내렸다. 나는 스무 명 남짓 모인 사람들 사이에 서서 대웅전 처마 아래를 바라보았다. 스님의 말처럼 여자인지 원숭이인지 구별이 되지 않는 조각들이 네 귀퉁이마다 새겨져 있었다. 조각을 새기던 목수의 마음은 원망이었을까, 그리움이었을까.

남편은 대학에 입학하자마자 휴학을 하고 군대에 입대했다. 제대 후 9급 공무원 시험을 준비하다 나를 만났고, 지방 교육청 9급 시험에 합격해 집에서 가까운 교육청에서 근무했다. 나는 사회복지사와 요양보호사 자격증을 취득해 노인 요양시설에서 일을 시작했다. 데이트에 쓰는 돈도 아껴야 했던 우리는 별다른 이견 없이 서둘러 결혼을 했다. 남편 명의로 전세자금 대출을 받아 오천만 원으로 빌라 원룸을 구했다.

스물여섯이었다.

그래서, 행복하다고 생각할 수 있었다.

신혼여행은 필리핀으로 갔다. 호텔은 오래됐지만 하얀 시트가 깔린 침대만으로도 행복했다. 화이트헤븐이라 부르는 해변은 이름처럼 천국과도 같았다. 우리가 지낸 숙소는 바닷가를 앞에 두고 수풀이 우거진 밀림 같은 곳에 있었다. 아름다운 경치에도 가격이 저렴했던 이유는 번화가에서 멀리 떨어져 있기 때문이었다.

어리석게도 허니문 베이비가 생겼다. 임신 휴가 같은 건 생각할 수도 없는 직장에서 나는 출산 3일 전까지 일했다. 서류 정리가 주된 업무였지만 가끔은 환자들을 직접 돌보기도 했다. 오늘 인사를 나눴던 환자가 다음 날 출근해보면 자리에서 사라지는 일도 있었다. 임신 4개월 초음파 검사에서 아들이라는 것을 알았다. 아들의 이름은 시아버지께서 동네 작명소에서 지어 오셨다. 찬유. 찬란한 나의 아이.

저녁은 발우공양 체험을 했다. 참가자들 앞으로 동그랗게 포개진 목기와 수저집, 행주 등이 가지런히 놓여 있었다. 나는 그릇에 덜어놓은 밥과 반찬을 천천히 씹어 삼켰다. 절 음식은 간이 약했고 표현하기 어려운 맛이 났다. 어디선가 먹어본 듯 혀끝에 익숙한 느낌이 들었지만, 정확히 어떤 음식이었는지 기억나지 않았다. 다음 날 아침 기름에 구운 두부를 먹다, 그게 어떤 맛이었는지 기억이 났다. 찬유가 싫어하던 맛. 소금기 없는 맨 두부, 카놀라유 맛이 나던 그 두부. 아이는 소금으로 간을 한 두부전을 좋아했다.

아이가 태어난 후에도 일을 쉴 수는 없었다. 휴가는 일주일뿐이었다. 산후조리원에서 일주일을 보낸 후 아이와 집으로 돌아왔다. 다행히 젖은 많이 불지 않았고, 아이에게 초유만 먹인 후 젖을 물리지 않자 자연스레 끊어졌다. 친정엄마에게 부탁해, 한 달은 아이를 봐줄 수 있다는 허락을 받았다. 아이는 많이 울었고, 쉽게 잠들지 않았다. 엄마 옆에서 잠들어 있는 아이를 두고 출근했다. 직장이 가까운 남편은 그때야 잠에서 깨어났다. 한 달이 지나 엄마가 집으로 돌아간 후, 아이를 근처 빌라 1층에 있는 가정 보육시설에 맡겼다. 한 달 된 아이를 받아주는 곳은 그곳뿐이었다. 남편이 출근길에 아이를 맡기면 퇴근 후에는 내가 데리고 집으로 왔다. 아이는 너무 빨리, 타인에게 자신의 목숨을 의지하게 되었다. 처음에는 불안한 마음에 서둘러 어린이집으로 뛰어가고는 했지만, 아이를 남에게 맡기는 삶에 익숙해져갔다. 돌이 지나고, 지하철역에서 가까운, 시설이 조금 더 큰 어린이집으로 옮겼다. 그때 처음, 아이가 분리불안이 있다는 걸 알았다.

"어린이집 근처만 가도 애가 몸을 떨면서 울음을 그치지 않아. 선생님이 아이들은 다 그렇다는데, 정말 괜찮은 거겠지?"

어느 날 남편이 물었다. 저녁에 아이를 데리러 가면 아이는 선생님 손을 잡고 뛰듯이 걸어 나왔다. 그리고 내 품에 안겨 작은 한숨을 쉬었다. 나는 아이의 손을 잡고 낡은 골목들을 지나 집으로 왔다. 해가 늦게 지는 여름날이면 근처 아파트 놀이터를 찾아가 아이가 뛰노는 모습을 보았다. 아이는 겁이 많았고, 엄마 뒤에 붙어 낯선 친구와는 어울리려 하지 않았다. 남편은 그런 아이가 답답하다며 크게 한숨을 쉬었다.

남편과 저녁을 먹고 아이를 씻기고 같이 잠자리에 들어서야 나는 눈을 감고 먼 나라의 파도 소리를 상상했다. 작은 비키니를 입은 여자들이 해변에 누워 태닝 오일을 바르는, 선글라스 아래로 둥글게 웃음 짓는 파란 눈동자가 숨은, 그런 해변을. 안 자겠다고 보채는 아이를 달래다 지친 내가 먼저 잠드는 날들이었다.

아이가 태어난 달부터 5만 원씩 적금을 넣기 시작했다. 갖고 싶은 옷과 화장품을 덜 사서 모은 돈이었다. 100만 원이 모이자, 나는 해외여행을 알아보기 시작했다. 저렴한 동남아 패키지여행을 알아보던 중 동남아의

한 섬이 눈에 띄었다. 남편과 휴가를 맞춰 두 달 전에 예약했다. 9시 넘어 탄 밤 비행기 안에서 아이는 몇 번이나 울음을 터트렸다. 나는 아기띠에 아이를 매고 거의 다섯 시간 내내 서 있었다. 전날 늦게 들어온 남편은 몇 번 탄식 같은 한숨을 쉬다 비행기가 뜨자마자 잠이 들었다.

3박 5일이 어떻게 지나갔는지 모르겠다. 호텔은 지은 지 얼마 되지 않았지만, 빈민가 주변에 위치해 치안이 좋지 않았다. 밤에는 혼자 나가지 말라며, 가이드가 호텔키를 주며 말했다. 방에 들어선 아이는 새하얀 침대 위에서 뛰고 구르며 소리를 질렀다. 일정은 빡빡했다. 다음 날 아침 일찍 일어나 조식을 먹고 근처 섬으로 호핑투어를 갔다. 배에서 내려 아이를 안고 남편과 내가 번갈아가며 수영을 했다. 아이는 처음 보는 바다가 신기한지 작은 손으로 바닷물을 잡으려 애썼다. 나는 모래에 앉아 아이와 물놀이하는 남편을 바라보았다. 연파란 하늘과 짙은 바다, 따뜻한 바람과 손에서 흘러내리는 부드러운 모래. 드디어, 꿈속으로 들어왔다는 실감.

마지막 날 반딧불을 보러 버스를 타고 두 시간가량 깊은 숲으로 이동했다. 도로는 낡고 좁았다. 도시를 벗어나 펼쳐지는 풍경은 시리게 가난했다. 쓰러져가는 집 안에서 움직이는 사람들. 하얀 이를 드러내며 웃는 검은 얼굴의 아이가 손을 흔들었다. 나도 모르게 품에 안은 찬유의 눈을 가렸다. 나의 찬유는 이런 모습을 보지 않기를. 그러려면 나는 더 많은 시간, 아이를 홀로 남겨두어야 했다. 잠든 아이의 얼굴을 오래 들여다보았다.

버스에서 내려 저녁을 먹고 작은 보트에 올라 어두워진 강 위로 이동했다. 어둠 속에서 가이드가 알려주는 방향으로 눈을 돌리자 작은 불빛들이 반짝이는 게 보였다. 크리스마스트리처럼 마음을 설레게 하는 빛. 남편 품에 안겨 있는 찬유에게 반딧불이라고 알려주었다. 가이드가 밝은 핸드폰 불빛을 깜빡이거나 길게 흔들자 수십 개의 불빛이 보트를 향해 날아왔다. 반딧불 한 마리가 내 손바닥 위에 내려앉았다. 벌레의 모습은 보이지 않고 꺼질 듯 작고 여린 불빛 하나만이 빛나고 있었다. 아이는 신기한 듯 불빛을 잡으려 손을 내밀었지만, 빛은 어느새 어둠 너머로 날아가버렸다.

아이는 입이 짧았다. 쉬는 날이면 힘들게 이유식을 준비해도 언제나 고개부터 저었다. 몇 달인가 나는 그런 아이 옆에서 어르고 달래며 뭐라도 먹이기 위해 애썼다.

"이건 브로콜리라는 채소야. 초록색이 너무 예쁘지 않니? 작은 나무처럼 생겼네. 한번 먹어보자. 아주 맛있어."

아이는 믹서기로 갈아 그저 초록색 점으로만 보이는 브로콜리 죽을 쳐다만 볼 뿐 끝내 입을 열지 않았다. 늦잠을 자고 싶었던 휴일 아침, 새벽부터 일어나 두 시간 넘게 만든 음식이었다. 식탁 위로 수저를 내려놓다 난장판이 된 주방 싱크대를 바라보았다. 겨울이면 아기 변기에 싼 오줌 냄새조차 빠져나가지 않는 작은 원룸, 싱크대 앞에 놓인 2인용 식탁에 앉아 나는 바로 손에 닿을 듯 가까이 놓인 도마 위 칼을 보았다. 무언가 내 안에서 터져 나오는 것을 멈출 수가 없었다.

"먹어, 먹으라고!"

침대에서 자고 있던 남편이 벌떡 일어났다.

"무슨 일이야? 왜 그래?"

정신을 차리고 보니 나보다 더 큰 소리로 아이가 울고 있었다.

"찬유가, 찬유가, 밥을 안 먹어. 책에는 분명 이렇게 만들면 된다고 나와 있었는데. 한 입도 먹지 않아."

나 역시 울고 있었다. 찬유를 안고 있던 남편의 얼굴이 굳어졌다. 남편이 햇반을 꺼내 전자레인지에 넣었다. 그리고 소금간이 된 김 봉지를 꺼내 따뜻한 밥에 감쌌다. 조그맣게 자른 김에 싼 밥을 찬유 입에 넣었다. 어느새 눈물을 그친 찬유가 맛있다는 듯 받아먹었다.

"며칠 전에 당신 늦게 온 날, 저녁 먹는데 찬유도 먹고 싶어 하길래, 밥에 싸주니까 잘 먹더라. 이제 죽은 그만 하고 밥 먹이자."

그 후로 아이는 간을 약하게 한 반찬들에 밥을 먹었다. 여전히 입은 짧았지만 그래도 이유식을 먹을 때보다는 좋아했다. 좋아하는 반찬 몇 개만 있으면, 달걀이나 두부, 김, 소시지면 밥 한 그릇을 기분 좋게 먹어 치우기도 했다. 어린이집 선생님에게도 찬유가 죽보다는 밥을 더 좋아한다고 말해봤지만 찬유만 따로 먹이기는 어렵다고 했다. 밥은 만 2세 반이 되어서야 먹을 수 있다고. 어린이집에서는 앞으로 6개월은 더 먹기 싫은 죽을 먹어야 했다. 그래서 아이가 어린이집을 싫어하는 건가, 나는 떨어지지 않겠다며 우는 아이를 내려놓고 돌아서며 생각하고는 했다.

하지만 생각할 시간은 짧았다. 전철역에 들어서는 순간부터 내 몸은 긴장했다. 두 시간 가까이 사람들 틈에서 시달리다 보면 아무것도 할 수가 없었다. 가끔은 무언가 엉덩이나 가슴께를 쓱 스치고 지나가는 느낌이 들었다. 칼날이 나를 스치고 지나가듯 소스라치게 놀라 돌아보면 그건 누군가의 가방이거나 나이 든 할머니의 손이었다.

공무원 학원을 그만두고 오전에 동네 근처 편의점에서 일하던 어느 날이었다. 전날 감기 기운에 잠을 설친 나는 아침에 병원에 들러 처방받은 약을 먹었다. 약 때문인지 졸음이 밀려왔다. 주택가 골목에 있는 편의점은 근처 중학생들이 등교하고 나면 조금은 한산해졌다. 겨울이었지만 햇살이 유난하게 눈부시던 날이었다. 나는 햇살이 비쳐 드는 창 옆 계산대 의자에 앉아 졸고 있었다. 그러다 문에 매달아둔 종이 울리는 소리를 들었다.

"학생?"

아주 낮은 목소리였다. 나는 눈을 뜨고 자리에서 일어섰다. 그 남자. 검은 모자를 쓰고 검은 테 안경을 낀 남자. 안경 너머 차가운 눈을 가진 남자.

"주인은 없나?"

"네, 1시는 지나야 나오실 거예요. 왜 그러세요?"

"아니, 아니야."

남자는 뒤편 음료수가 있는 쪽으로 걸어 들어갔다. 나는 남자가 물건을 고르기를 기다리며 다시 의자에 앉았다. 십 초, 아니 그보다 짧았을지도 모르겠다. 남자의 발소리가 가까이 다가온다고 느끼던 순간, 오른쪽 어깨를 짓누르는 강한 힘에 입에서 악, 소리가 나왔다. 그곳에 남자가 서 있었다. 그리고 내 눈앞엔, 칼이 있었다. 소리를 지르려는 나를 보며 남자가 고개를 저었다.

"입 닥치고 출납기 열고 현금만 꺼내. 허튼짓하면 바로 찔러버릴 테니."

심장이 미친 듯 뛰기 시작했다. 힐끗 창밖을 내다보았다. 계산대를 돌아 뛰어나가면 바로 거리로 나갈 수 있었지만, 움직일 수가 없었다. 나는 떨리는 손으로 출납기를 열고 현금을 꺼내 테이블 위에 놓았다. 어젯밤, 주인은 현금을 많이 넣어두지 않았다. 기껏해봐야 십만 원도 되지 않을 것 같았다. 왜 이것밖에 돈이 없는 것일까. 돈이 적다며 남자가 나를 죽일지도 모르는데. 나는 두려움에 손을 떨며 동전까지 죄다 꺼내놓았다. 남자는 내가 꺼낸 돈들을 천천히 바지 주머니에 쑤셔 넣었다. 두 눈은 나를 뚫어지게 쳐다보았다. 마치 내 얼굴을 머릿속에 저장이라도 하겠다는 듯.

"내가 나가도 가만히 앉아 있어. 경찰에 전화하지 마. 밖에서 지켜보고 있다 가만두지 않을 테니까."

남자는 문을 열고 사라졌다. 다시 문에 매달아둔 종에서 소리가 울렸다. 나는 계산대에서 나와 유리문을 잠갔다. 금방이라도 남자가 다시 문을 열고 들어설 것만 같았다. 바닥에 주저앉자 눈물이 흘러내렸다. 얼마나 시간이 흘렀을까, 휴대전화를 꺼내 주인에게 전화를 걸었다. 주인이 오는 사이 나는 유리문 밖에서 스며드는 햇살을 바라보았다. 시간이 지난 후 생각해보았다. 만약 캄캄한 밤이나 새벽이었다면, 비가 퍼붓는 날이었다면, 그 상황을 이해하기가 좀 더 쉬웠을까. 정신을 차리고 일어나 가방에서 지갑을 찾았다. 현금은 많지 않았다. 지갑에서 꺼낸 돈을 금전 출납기에 채워 넣었다. 유리문 앞에 서서 주인을 기다렸다. 나는 몸이 안 좋다고 말하고, 실수로 손님에게 현금을 더 많이 주었다고도 했다. 이번 달 아르바이트비에서 빼달라고, 죄송하다고. 늦잠을 자다 나온 주인은 나를 못마땅하게 쳐다보았다. 십 분 거리의 집으로 바로 갈 수가 없었다. 어딘가에 남자가 있을 것만 같았다. 나는 천천히 버스 정류장으로 걸어갔다. 그곳에서 버스에 올라탔다. 나를 따라 누가 타는지 지켜보았지만, 다행히 버스에 탄 건 나 혼자뿐이었다. 세 번인가 버스를 갈아타고 모르는 동네에 내렸다가 다시 버스를 타고 집으로 돌아왔다. 감기는 심해졌고, 그 밤 내내 나는 악몽에 시달렸다.

숙소에서 하룻밤을 보내고 4시에 일어나 새벽 예불을 드렸다. 잠을 깨우는 목탁 소리가 아직 어두운 산 전체에 울려 퍼졌다. 예불 후에는 108배 체험을 했다. 무릎을 꿇고 고개를 숙이고 양손을 귀 옆으로 들어 올린 후 다시

상체를 들어 허리를 세우며 일어서는 동작을 반복했다. 무릎이 꺾이는 기분이 들 때쯤 108번의 절이 끝났고, 방석 위로 땀방울이 떨어졌다.

아침 공양 후 짐을 정리하고, 젊은 스님과 함께 산행에 나섰다. 멀리 뿌연 하늘 너머로 얼핏 바다가 보였다. 산책을 마치고 숙소로 돌아가면 템플스테이의 마지막 행사인 큰스님과 차를 마시며 대화를 나누는 차담 행사가 예정돼 있었다.

"이번 행사에 참여해주셔서 감사합니다. 조심해서 돌아가시고, 다음에 또 뵐 수 있기를 바랍니다. 산책을 더 하실 분들은 하시고, 숙소에서 쉬실 분들은 쉬시다, 11시까지 어제저녁 공양을 했던 장소로 모이시면 됩니다. 감사합니다."

젊은 스님은 두 손을 모아 고개 숙여 합장했다. 나도 모르게 절로 돌아가는 스님의 뒤를 따랐다.

"스님, 잠시 묻고 싶은 말이 있는데요."

젊은 스님은 환하게 웃었다.

"네, 물어보세요. 제가 답할 수 있는 질문인지는 모르겠지만."

나는 걷는 속도를 줄이는 스님 옆으로 다가섰다.

"스님, 우리는 왜 태어나는 걸까요?"

찬유가 아팠다. 출근하고 오전 11시쯤 어린이집에서 연락을 받았지만 바로 달려갈 수가 없었다. 사정을 설명하고 근무를 바꾸고 3시가 되어서야 출발할 수 있었다. 직장에서 어린이집까지 가는 데 두 시간이 걸렸다. 아이는 축 늘어진 채 힘없이 나를 기다리고 있었다. 아무래도 장염 같다고, 얼마 전 다른 아이가 같은 증세로 병원에 갔더니 장염이었다고 했다. 아이가 토하고 설사를 했다며, 선생님은 어서 병원으로 데려가라고 했다. 아이를 안고 나서는 나의 뒤에서 젊은 여자 선생님이 큰 소리로 외쳤다.

"어머니, 웬만하면 아이 나을 때까지는 어린이집은 안 오시는 게 좋아요. 장염은 쉽게 옮기는 병이라서요."

나는 아이를 안고 근처 소아과로 달렸다. 품 안에서 아이는 힘없이 눈을 감고 있었다. 입원실이 없는 작은 소아과에서는 아이를 좀 더 큰 병원으로 데려가 수액을 맞히는 게 좋겠다고 했다. 탈수가 심해 보인다고. 나는 택시를 타고 종합병원으로 갔다. 아이가 수액을 맞는 사이, 남편이 일을 마치고 왔다. 어떻게 된 거냐고 묻는 남편에게 의사로부터 들은 것들을 얘기했다. 설사, 열, 수분, 장염, 탈수, 후유증 같은 단어들. 마치 치유가 불가능한 불치병에 대한 설명을 듣는 것처럼 막막했던 순간을. 남편은 일찍 오지 못해 미안하다고 했다. 아이가 이렇게 아픈 줄은 몰랐다는 변명과 내가 맡아보지 못한 향이 배어나는 새 양복을 입은 남편이 낯설었다. 각자 월급을 관리하기 때문에 남편이 자신의 월급으로 무엇을 하는지 정확하게 알지 못했다. 전세대출금을 갚고, 나머지는 부모님 용돈과 적금을 든다는 정도만 알고 있었다. 9급 공무원의 월급은 많지 않았다.

"다 노후를 위해서지. 공무원이 좋은 건 지금이 아니라, 나중을 위해서니까."

남편은 그렇게 말했다. 진심으로 그 말을 믿는 건지는 모르겠지만, 살아남는 것이 목표인 사람다운 생각이었다.

내 월급으로는 찬유와 세 사람 몫의 살림을 꾸렸다. 각자 회사에서 보내는 시간이 많아 대부분은 찬유의 식비와 옷이나 장난감을 사는 비용이었다. 아이 하나를 키우는 데, 한 사람의 월급 전부가 필요했다. 그래도 찬유 또래 아이가 가진 것에 비하면 찬유가 가진 것은 늘 모자라 보였다. 아이가 커서 초등학교에 가게 되면, 어떻게 해야 할까, 막막했다. 주말 저녁 연예인의 아이들이 나오는 프로그램을 볼 때면 막막함은 절망감으로 변하고는 했다.

"저런 애들은 행복하겠지? 저렇게 좋은 집에서 멋진 옷을 입고 부모는 언제나 저렇게 잘해주고 말이야. 저 애들은 커서도 저렇게 살아가겠지?"

답을 원한 질문은 아니었다. 그저 진심으로 찬유가 안쓰러웠다. 이 더러운 골목 안, 이 좁은 집에서 사는 찬유가, 어린이집에서는 벌써 다른 어른들의 눈치를 보며 사는 찬유에게 미안했다.

"저거 다 설정이야. 진짜 저런 아빠가 어딨어? 집이나 옷도 다 협찬이고. 넌 아직도 그렇게 순진한 소리를 하냐. 그러니까 발전이 없지. 지금도 늦지 않았으니까 다시 시험 준비해보는 게 어때?"

남편은 자신이 꽤 괜찮은 삶을 사는 듯 굴었다. 하지만, 지난번 여행에서 돌아와 남편은 이렇게 말했다.

"백만 원도 넘게 들었지? 그 며칠에 그 큰돈을 쓰고. 정말 넌 왜 그러니? 별로 대단한 것도 없던데."

요양원에서 일하는 횟수가 늘어가면서 월급도 조금 올랐다. 오른 월급만큼 나는 남편 몰래 다시 적금을 들었다. 처음엔 찬유가 더 크면 쓰기 위해 모으기 시작한 돈이었다. 그래서, 아이가 두 돌이 지난 후에는 반찬도 조금 저렴한 것으로 하고, 장난감도 중고로 사면서 돈을 모으기 시작했다.

요양원에 같이 근무하는 직원의 아이가 찬유와 10개월 차이라 입던 옷이며 교구들을 물려받았다. 여자아이였지만 아이 때는 옷이며 신발 색이 크게 문제 되지 않았다. 오히려 찬유는 분홍색을 좋아하는 것 같았다. 그렇게 5년가량 돈을 모았다.

병실에 누워 있는 아이를 보며, 나는 더는 이렇게 살고 싶지 않다고 생각했다. 어디로든 떠나야 했다. 그 후, 유학을 알아보기 시작했다.

어려서는 그림을 좋아했다. 까맣게 잊고 있었는데 찬유와 함께 간 도서관에서 읽은 동화책 속 그림에 마음을 빼앗겼다. 입으로는 글을 읽으면서도 그림에서 도저히 눈을 뗄 수가 없었다. 초록 숲, 빨간 모자의 여자아이, 곰과 토끼들, 악한 늑대까지도. 아름다웠다. 평화로웠다. 아이에게 다른 책을 쥐여주고 나는 그림책들을 미친 듯이 훑어보았다. 푸른 바다, 돛을 단 배, 고래, 흰 구름, 해변을 뛰는 소녀, 행복마저 눈에 보이게 만드는 그림들에 마음을 빼앗기고 말았다. 저렴한 재료들을 구해 그림을 그리고 인터넷으로 영어 공부를 시작했다.

그림 공부를 하러 떠나겠다는 말에 남편은 내가 처음 말을 걸었던 학원에서처럼 안경 속 작은 눈을 크게 떴다.

"뭐라는 거야?"

"그림 공부를 하고 싶어. 우선 어학연수를 마치고 미대나 미술 전문학교에 들어가려고. 가능하면 미술학원을 차려서 아이들을 가르치고 싶기도 해."

"찬유는? 찬유는 어떡하고?"

"내가 데려갈 거야. 몇백만 원씩 들여 영어유치원도 보내는데, 나랑 같이 가면 무료로 학교도 다닐 수 있어. 찬유한테 더 나은 환경을 주겠다는데, 당신도 좋지 않아?"

우리 없으면 당신도 좋잖아. 이 말은 하지 않았다.

남편은 마치 처음 보는 사람처럼 나를 뚫어지게 바라보았다.

"그럼 돈은? 돈은 어디서 나는데?"

"당장 어학원 등록할 돈은 마련했어. 거기 가면 아르바이트부터 알아볼 거야. 유학원 실장님이 내 사정이 딱하다고 아는 분한테 연락해주신다고 했어."

미쳤군, 남편이 조용히 내뱉었다. 그러곤 눈을 감았다. 다행히 남편은 빠르게 체념했다. 남편이 공무원을 그만두고 우리를 따라올 확률은 없었다. 남편에게 다른 인생은 존재하지 않았다.

원룸. 한 명을 위한 방. 둘 이상이 모이면 아무런 사생활도 보장되지 않는 공간. 아마도 찬유와 내가 없는 집이 남편에게는 알맞을 것이다. 4년을 산 이곳에서 계약이 끝나면 남편은 더 저렴한 곳으로 이사를 할지도 모르겠다. 그리고 알 수 없는 향수를 좋아하는 누군가와 다시 살아남기 위해 애쓰겠지. 나는 그런 남편의 미래가, 더는 궁금하지 않다. 우리 사이에 어떤 정리가 필요하다면 어디에 있든 가능한 방법을 찾을 수 있을 것이다.

"네? 왜 태어났는가, 아, 어려운 질문이네요."

젊은 스님은 고개를 숙였다.

"죄송하지만, 이건 큰스님께 여쭤봐야 할 질문 같은데요. 이따 차담 시간에 꼭 물어보세요."

젊은 스님은 큰 소리로 웃었다.

"보살님, 힘든 일이 많으신가요? 어제부터 계속 뵈었는데, 생각이 많으신 것 같아서요. 여기 오시는 분 중에 고민을 갖고 오시는 분들도 있기는 하지만요."

나는 젊은 스님의 어깨로 흘러내리는 승복을 바라보았다. 스님은 몸에 맞지 않게 헐렁한 승복을 연신 끌어 올렸다.

"아니요, 아니에요. 그냥 궁금해서요. 저희 아이가 요즘 너무 말을 안 들어서. 그래서 여쭤본 거예요."

나는 젊은 스님에게 배운 대로 두 손을 모아 합장을 하고 돌아섰다. 아직 큰스님과의 차담이 남아 있었다. 나는 답을 찾을 수 없으리란 걸 알면서도, 강당으로 걸음을 옮겼다. 시간이 남아 천천히 산사를 거닐었다.

집으로 돌아가면 더 큰 여행 가방을 싸야 한다. 아이와 나의 짐. 출국이 이틀 후다. 한 손에는 아이 손을, 다른 손으로는 가방을 끌 것이다. 아이가 아빠는 어디 있냐고 물을까. 아빠는 바쁘다고, 살아남기 위해 바쁘다고, 그렇게 얘기해줘도 괜찮을까. 우리 앞엔, 너의 이름처럼 찬란한 날들이 펼쳐질 거라고 하면, 아이는 이해할 수 있을까.

어디선가 작은 벌레가 날아와 옷자락에 앉았다. 오래전 보았던 반딧불을 떠올려본다. 작고 여린 그 빛은, 부신 태양 빛에 가려 숨어 있다. 어둠이 내리면, 그때는 다시 볼 수 있을까.

멀리서 무거운 종소리가 들려온다. 고요한 산사에 깊은 울림이 퍼져나간다.

팔 아아아

새벽 1시, A시 타운하우스 단지 끝 집에서 불길이 치솟았다. 뒷마당에서 시작된 불은 1층 주방으로 옮겨붙었고, 2층 침실에서 자고 있던 부부(남 29, 여 26)는 밖에서 들리는 소리에 깨어 침실 창에서 1층 마당으로 뛰어내리다 가벼운 찰과상을 입었다. 2층 다른 방에서 자고 있던 부부의 딸(7)은 불이 나기 전 이미 1층에 내려와 있었다. 아이는 경찰의 질문에 누군가 자신의 방 창을 두드리며 밖으로 나오라고 했다고 말했다. 집에 아직 동생이 있다며 동생을 빨리 꺼내야 한다고 했다. 소방대원이 동생이 어디 있는지 물었을 때, 아이는 냉장고라고 말했다. 아이는 말을 더듬었고 소방대원의 얼굴을 똑바로 바라보지 못했다. 이상하게 여긴 대원이 마당에 있는 부모에게 뛰어가 둘째는 어디 있는지 물었지만, 여자는 둘째는 없다고 답했다. 다행히 불은 대형 LPG 가스통으로 옮겨붙기 전 진화되었다.

　그 집에 도착했을 때, 어떤 낌새가 느껴졌다. 그것은 눈에 보이지 않았지만, 마스크를 비집고 들어와 입꼬리를 움찔하게 했다. 뒤따라오는 아내를 돌아보았다. 얼굴의 반을 가린 마스크 속 아내 표정은 짐작하기 어려웠다. 아마 마스크를 쓰지 않았다고 해도, 아내의 표정을 읽기는 어려웠을 것이다.

　최근에 손질한 듯 짧게 정돈된 잔디와 2층 흰 건물 위 갈색 지붕은 지중해 도시를 떠올리게 했다. 스무 채가량이 단지를 이룬 집들이 모두 같은 외관인 걸로 봐서 건축주가 의도적으로 그 도시를 모방한 것은 아닌지 싶었다. 겉모습은 화면에서 보던 그대로였지만, 급격히 낮게 깔리기 시작한 두꺼운 구름과 차갑게 스미는 공기, 멀리 펼쳐진 초겨울 헐벗은 산의 짙은 어둠을 배경으로 서 있는 건물은 전혀 예상하지 못한 기괴한 풍경을 자아냈다. 숙소 찾기 앱에는 맑은 공기와 햇살 좋은 중산간에 위치한 '아름다운 집'이라고 쓰여 있었다. 한여름인 게 분명했을 화면 속 '집'은 푸른 산을 배경으로 눈부시게 빛나고 있었다. 이 집에서는 누구도, 감히 불행을 얘기할 수 없으리라. 집주인은 이 집에 머문 숙박객들 모두 만족하며 떠났다고 적어놓았다. 그게, 내가 원하는 전부였다. '만족'하며 숙소를 떠나는 것. 다시 이곳을 찾아오고 싶어지는 것. 결국 이 지역 어딘가에 오래 머물 곳을 마련하는 것까지.

마을 입구에서부터 이상한 느낌을 받았다. 네비가 안내하는 대로 큰 도로를 벗어나자, 차 두 대가 겨우 지날 정도의 좁은 비포장도로가 나타났다. 도로 중간 새로 만든 아스팔트 길들이 연결되어 있었고, 그 길 끝에는 집들이 몇 채 서 있었다. 앞에는 분양 안내 광고판이 세워져 있었다. 숙소 바로 아래에는 철근 뼈대와 한쪽 벽만 올라간 건물들이 낡은 플래카드에 둘러싸여 있었다. 건물 벽에는 '유치권 행사 중, 출입 절대 금지'라는 삭막한 단어들이 붉은 페인트로 쓰여 있었다. 뜯기고 얼룩진 천 조각이 바람에 날리는 광경은 이제 막 여행지에 도착한 들뜬 기분을 사그라들게 하기 충분했다.

흉물스러운 단지를 지나 경사진 도로를 올라갔다. 그곳이 우리가 한 달을 머물게 될 숙소였다. 똑같은 외관의 집 스무 채가 열 채씩 도로를 마주하며 나란히 서 있었다. 모두 똑같은 이층집에 잔디 정원이 딸려 있었다. 담장은 없었고, 가슴 높이의 드문드문 선 사철나무가 경계

선이자 가림막 역할을 하고 있었다. 올라오면서 보았던 다른 집들보다는 외관과 조경이 고급스럽게 느껴졌지만, 자세히 보면 외벽으로 갈라진 페인트 자국과 푸른 이끼가 가득했다. 지어진 지 3년이 채 되지 않았다고 했는데, 바다에서 가까운 곳이라 빛바램과 마모가 빨랐다.

도착 전 주인이 알려준 현관 비밀번호를 누르고 집 안으로 들어갔다. 숙소는 비대면으로 운영되었다. 전염병이 만들어낸 상황이었다. 투숙객이 예약 기간 동안 머물고 난 후 정리를 하고 떠나면 미리 입금한 보증금에서 공과금과 파손 물건의 금액을 제하고 돌려주었다. 주인은 어제 사람을 시켜 청소를 해놨다며 한 달 동안 내 집처럼 편하게 지내라는 메시지를 보내왔다. 근처 쓰레기 수거장과 숙소에 비치된 비품들도 파일로 전송해주었다.

문을 열고 들어서니 연한 락스 냄새가 났다. 오래 난방을 하지 않았는지 공기는 서늘했다. 천장까지 뚫린 거실에 서니 아파트에서는 느낄 수 없었던 개방감이 느껴졌다. 넓은 거실 창 너머로 도로와 앞집이 보였다. 앞집 주차장은 비어 있었다. 양념통과 접시들이 놓인 주방은 누가 살고 있는 집처럼 일상의 흔적이 느껴졌다.

화장실 옆 계단을 통해 2층으로 올라갔다. 방은 두 개였다. 침실로 쓸 오른편 방에는 퀸사이즈 침대와 침구, 화장대가 있었다. 방에 붙은 화장실 창으로 보니 집 뒤편의 낮은 나무와 풀들이 빽빽한 산이 펼쳐졌다. 멀리 슬레이트 지붕을 얹은, 예전엔 축사로 썼던 것 같은 허물어져 가는 벽돌 건물 한 채가 보였다. 오래 방치된 듯 검은 슬레이트 지붕은 여기저기 찢겨 나가 있었고, 여러 군데 구멍이 뚫려 있었다. 나무 사이에 뼈만 남은 개가 누워 있었다.

**

이번 여행은 온전히 이 집을 위한 여행이었다. 재작년 아내의 폐가 좋지 않다는 진단을 받은 후, 나는 진지하게 전원생활을 고민했다. 우리가 사는 도시에는 나쁜 공기가 넘쳤다. 하지만 도시에서 태어나고 자란 아내는 선뜻 내켜하지 않았다. 아내는 빛으로 덮인 도시를 좋아했고, 24시간 잠들지 않는 소란스러움에서 안정을 느낀다고 했다. 나 역시 어린 시절, 잠시 시골 외가에서 지냈던 기억을 빼면 도시를 떠나 살아본 경험은 없었다. 하지만 지난겨울, 바이러스가 도시를 뒤덮기 시작하면서 상황이 점점 나빠졌다. 아내는 마스크를 쓰고 나갔다 온 후면 심하게 기침을 했다. 검사를 해도 정확한 원인이 나오지 않았다.

돌아가신 할머니가 기침을 많이 하셨어. 아버지도 그랬던 것 같아. 정확하진 않지만.

장인어른은 아내가 어렸을 때 돌아가셨다고 전해 들었다.

아내의 기침은 점점 심해졌고, 아내는 나를 배려해 다른 방에서 자기 시작했다. 나는 회사에 재택근무를 신청하고, 한 달만이라도 도시를 떠나 살아보자고 아내를 설득했다. 언젠가부터 어느 도시에서든 한 달을 살아보는 일이 유행처럼 번지고 있었다. 언젠가 아내도 유럽에서 한 달 살아보고 싶다는 뜻을 비치기도 했었다. 고풍스러운 유럽 도시는 아니었지만 뛰어난 자연경관으로 유명한 A시에서 살아보자는 제안에 아내는 마지못해 고개를 끄덕였다.

며칠을 검색한 끝에 숙소를 발견했다. 주인은 자신이 살기 위해 마련한 집이라며, 사정이 여의치 않아 현재는 숙소로 사용 중이라고 적어놨다. 수저 하나, 젓가락 하나, 직접 사용할 마음으로 장만한 것이라며 집에 대한 애정을 드러냈다. 밤이면 편백나무 침대에서 피톤치드를 마시며 잠들 수 있고, 집 뒤편에 산이 있어 공기가 좋고,

주변에 다른 집들과 단지를 이뤄 방범도 확실하며, 비수기 특별 할인까지 제공한다고. 확실히 같은 크기의 다른 단독주택 숙소보다 저렴했다. 사진으로 본 내부는 깨끗했고, 가구나 주변 경치도 아름다웠다. 사진을 본 아내도 마음에 들어했다. 집 뒤로 버려진 폐축사와 마을 진입로에 흉물스럽게 방치된 철골들이 늘어서 있을 거라고는 상상도 할 수 없었다.

2층은 어때? 침실은 괜찮아?

아래층에 있던 아내가 물었다. 마스크는 벗었지만 여전히 아내의 얼굴에서 감정을 읽기가 어려웠다.

응, 괜찮네. 방이 두 개라 하나는 침실로 쓰고 다른 방은 작업실로 쓰면 되겠어.

그래, 알았어. 여기 주방만 정리하고 올라가서 볼게.

아내는 챙겨온 식재료들을 냉장고와 선반에 나눠 정리했다. 한 달을 살러 떠나는 건 주말여행을 떠나는 것과는 달랐다. 차 트렁크를 채우고도 뭔가 빠진 게 아닌가, 뒷덜미가 무거웠다. 가방들을 2층으로 옮겨놓은 후, 마당으로 나갔다. 뒷마당으로 돌아가 보니 커다란 LPG 가스통이 벽에 세워져 있을 뿐 특별한 건 없었다. 앞마당에 비해 뒷마당은 그냥 덧붙여진, 버려진 공간 같았다.

산을 깎아 만든 집이라 마당 끝은 ㄴ 모양으로 꺾여 시멘트가 발려 있었고, 그 너머에는 억새와 들풀들이 키보다 높게 흔들리고 있었다. 단차 때문인지 폐축사 건물은 보이지 않았다. 찢긴 슬레이트 지붕이 바람에 날리며 날카로운 쇳소리를 냈다. 11월 말, 공기는 서늘했고, 낮고 무겁게 내리깔린 구름에 가려 석양도 볼 수 없었다.

거실로 들어왔다. 아내는 어느새 2층으로 올라가 정리를 마친 후였다. 아내가 화장실 밖 풍경을 본 게 아닌지 걱정되었다. 아내가 내켜할 풍경은 아니었다. 아니, 누구라도 선호할 모습은 아니었다. 아내는 아무 말 없이 저녁 준비를 했다. 우리는 거실 창이 보이는 식탁에 앉아 가져온 재료들로 준비한 저녁을 먹었다. 아내가 가져온 와인을 땄다. 숙소엔 플라스틱 와인잔부터 유리잔까지 다양한 술잔들이 있었다. 짝이 맞지 않는 잔들은 이전 투숙객들이 놓고 간 모양이었다. 아내는 특별한 일이 없는 한 술을 마시지 않는데 이상했다. 기침은 여행을 오기 전에 멈췄지만 그래도 방심할 상황은 아니었다.

당신도 한잔 줄까?

아내가 식탁 너머에서 물었다.

그래, 오늘부터 여행 시작인데 기념으로 한잔할까.

나는 이 집에 도착한 후 서늘하게 뒷덜미를 잡아끄는

어떤 낌새를 지우려 애써 웃어보았다. 아내 역시 그 낌새를 눈치챈 걸까. 아내는 거실 창으로 시선을 돌렸다. 창밖엔 짙은 어둠뿐이었다. 24시간 불빛이 펼쳐지던 도시의 거실 창밖 모습과는 전혀 다른 풍경이었다. 이렇게 어두운 곳도 있었구나, 미지의 장소에 와 있다는 실감이 들었다. 아내는 잔을 두고 일어서, 길고 두꺼운 커튼으로 창을 가렸다. 아내와 나는 와인을 마시고 정리한 후 2층으로 올라갔다. 둘이 나란히 낯선 침대에 누웠다. 새벽부터 일어나 짐을 챙기고 장거리 운전을 한 후 와인까지 마신 탓인지 바로 잠에 빠져버렸다. 아내가 화장실에 가려는지 침대에서 일어서는 게 보였지만 그대로 눈이 감겼다.

***

다음 날 아침, 아내와 나는 이십 분 거리에 있는 마트로 차를 몰았다. 고기와 빵, 채소를 담은 카트에 아내는 와인을 몇 병 담았다. 마트는 한산했고, 차 안에서 본 거리에도 인적이 드물었다. 아내는 표정 없는 얼굴로 주변을 응시했다.

장 본 것을 정리하고 단지를 둘러보러 나섰다. 옆집에는 의자와 탁자 등의 가구들이 가림막도 없이 마당에 방

치되어 있었다. 누군가 그 집에 살기는 했던 것 같았다. 어떤 집에는 차가 주차되어 있었지만, 인기척은 없었다. 나머지 집들도 비슷했다. 주차된 차는 보이지 않았고, 사람도 보이지 않았다. 그러다 끝 집에서 잔디마당에 쭈그리고 앉아 있는 한 아이를 보았다. 제법 쌀쌀한데 아이는 소매 없는 원피스 차림에 맨발이었다. 그 집 앞엔 울타리가 쳐져 있었다.

여기가 끝인가. 생각보다 단지가 작네.

나는 눈으로는 아이를 쫓으며 아내에게 말했다. 아이는 인기척을 느꼈을 법도 한데 고개를 들지 않았다.

애, 너 이 집에 사니?

어느샌가 아내가 울타리 앞에 서서 아이에게 물었다. 아이는 아내의 물음에 답하는 대신 일어서 집 뒤편으로 뛰어갔다. 원피스 아래 드러난 종아리가 앙상했다. 아내는 물끄러미 아이가 사라진 곳을 바라보았다. 나는 아내의 손을 잡아 왔던 길로 돌아 나왔다.

저 애 얼굴 봤어?

아내가 물었다.

아니, 자세히는 못 봤는데. 왜?

얼굴에 멍이 있어. 눈 밑에 말이야. 입술도 터져 있고.

아내는 아이의 집을 돌아보았다. 아이는 보이지 않았다.

집으로 돌아온 우리는 점심을 먹고 각자 시간을 보냈다. 나는 회의를 하러 2층 방으로 올라갔다. 재택근무를 하면서 오후 2시면 팀원들과 화상회의를 했다. 처음에는 화면에 보이는 직원들의 얼굴이 처음 보는 타인처럼 낯설었다. 회사에 있는 직원들은 마스크를 쓰고 있었고, 집에서 근무하는 직원들은 맨얼굴이었다. 전염병이 만들어 낸 풍경이었다. 밀린 일을 처리하고 나니 7시였다. 2층에서 내려다본 풍경은 어느새 어둡고 적막했다. 저 멀리 드물게 흐린 불빛이 보였다.

서둘러 아래층으로 내려갔다. 불이 켜진 거실 창 앞에 아내가 서 있었다. 아내는 내가 가까이 다가서는 것도 알아채지 못했다.

뭐 해?

아내가 잠시 초점 없는 눈으로 나를 보았다. 무언가에 골몰할 때면 아내는 늘 그랬다. 영혼이 육체를 비워버리는 순간.

무슨 생각해?

다시 물었다.

아니, 그냥. 앞집엔 아무도 안 사는 것 같지? 아까 그 애는 여기 사는 것 같은데. 여긴 몇 집에나 사람이 살까? 너무 어둡고 조용해서 이상해.

아내는 여전히 창밖에 시선을 둔 채 말했다. 유리창에 아내와 나의 모습이 한 덩이로 흐릿하게 비쳤다.

그때, 갑자기 불빛이 나타났고, 차 한 대가 앞집 주차장으로 들어섰다. 렌터카 로고가 박힌 경차에서 젊은 여자 넷이 소란스럽게 떠들며 내렸다. 숙소 좋은데, 목소리가 우리 거실까지 들렸다. 우리는 마트 봉지와 여행 가방을 챙겨 들어가는 여행객들의 모습을 지켜보았다.

우리는 함께 저녁을 준비했다. 아내는 오늘도 와인을 따랐고, 내 앞에도 잔을 내려놓았다.

당신 괜찮아?

아내는 술을 좋아하는 사람이 아니었다. 그런데도 기어이 아내는 충혈된 눈으로 잔을 들었다.

어제 잠을 못 잔 거야? 나도 잠자리가 바뀌어서 그런지 일어나기가 힘들던데.

내 말에 아내는 다시 거실 창으로 시선을 돌렸다. 앞집에서 켠 불빛이 겨울 밤거리에 선 가로등처럼 아련했다. 금요일 밤이라는 게 믿어지지 않았다. 바이러스가 덮친 도시를 떠나려는 사람들이 오히려 A시 같은 관광지로 몰린다는 뉴스를 본 적이 있었다. 하지만 알려진 몇몇 장소와 식당들을 제외하면 누가 이런 산속까지 찾아올까.

아내는 와인 한 잔을 다 마실 때까지 말이 없었다. 와인을 마시면 붉어진 얼굴을 하고 이런저런 얘기를 하던 평소와는 달랐다. 나는 천천히 밥을 씹고 구운 고기를 먹었다. 아내는 밥을 거의 먹지 않았다. 그릇들을 치우고 잔 두 개만 식탁 위에 남았다. 두 잔째 와인을 따르고 난 후 아내가 입을 열었다.

이 집 말이야. 내가 어렸을 때 살았던 집이랑 비슷한 것 같아. 어렸을 때고, 이사를 했기 때문에 잊고 있었는데, 생각해보니 그런 거 같아.

처음 듣는 얘기였다.

그 동네도 여기처럼 조용했는데. 그래, 그 집을 떠올려보면 적막하다는 생각이 들어. 그래서 아무 말도 할 수가 없었어. 아빠는 내가 소리를 내려고 할 때마다 고개를 저었어. 그러면 안 된다는 듯이.

아내는 와인을 한 모금 더 마셨다.

어제까지, 이 집에 오기 전까지 말이야. 난 아빠가 병에 걸려 돌아가셨다고 생각했어. 아니 믿었다는 말이 맞겠다. 그런데 어젯밤 침대에 누웠는데 심장이 미치게 뛰는 거야. 두근두근, 죽을 것 같더라. 처음엔 와인 때문인가 했는데, 아니었어. 자려고 눈을 감아도 잘 수가 없었어. 그래서 여기 내려와 앉아 있었어.

잠들 무렵 아내가 화장실에 갔다고 생각했는데 아래층에 내려온 모양이었다.

어릴 적 기억이 희미하게 떠오르는 거야. 내가 살았던 집이랑 아빠가 머물던 2층 방, 그리고 엄마가 일을 나가면 1층 거실에서 텔레비전을 보던 나를 위층으로 끌던 아빠의 손, 어느 날 엄마가 방문을 열고 비명을 지르던 모습이랑 놀라 계단을 뛰어 내려가던 내 모습까지……. 내 팔과 다리에 보이던 검은 얼룩들 역시.

아내는 잔에 담긴 와인을 단숨에 들이켰다. 마치 알코올로 기억을 닦아내야 한다는 듯이.

당신은 우리 아빠가 병으로 돌아가신 줄 알지?

아내는 와인을 한 모금 마시고 잔을 두 손으로 감쌌다. 아내는 아버지가 어릴 때 병으로 돌아가셨다고 했었다. 너무 어릴 때 돌아가셨기 때문에 특별한 기억이 없다며, 장인어른 얘기는 꺼내지 않았다.

그 집 1층에 화장실이 있었는데, 거기 커다란 욕조가 있었어. 어느 날 엄마와 밖에 나갔다 왔는데, 오줌이 마려워 화장실로 뛰어갔는데 욕조에 아빠가 누워 있었어. 옷을 입고, 수도꼭지에서는 물이 흐르고, 흰 양말이 붉게 물들어버렸지. 그게 내가 어젯밤 기억해낸 아빠의 마지막 모습이야. 어떻게 이제야 기억이 나는 걸까. 어떻게 잊어버릴 수 있었을까. 엄마는 아빠가 목욕을 하다 심장마비가 왔다고 했어. 원래 심장이 좋지 않았다고. 아빠는 아파서 돌아가신 거라고. 난 정말 그런 줄로만 알았는데…….

지금은 요양원에 계신 장모님에게 나 역시 같은 얘기를 들었다. 연수 아빠는 얘 어렸을 때 몸이 안 좋아 돌아가셨네. 아내의 친정집에는 가족사진이 걸려 있지 않았다. 나 역시 이미 돌아가신 분에 대해 굳이 묻지 않았다.

그런데 아까 그 여자애를 보고 떠올랐어. 그 눈, 겁에 질린 그 눈을 보고 나서, 그 장면들이 떠올랐어.

아내는 식탁 위에 두 팔을 올리고 머리를 감싼 채 흐느꼈다. 점점 거세게 흔들리는 아내의 어깨를 보며 나는 처음 이 집에서 느꼈던 낌새가 이것일까, 생각했다. 나는 아내가 진정하기를 기다릴 수밖에 없었다.

멀리서 찢어진 슬레이트 지붕이 날리는 쇳소리가 들려왔다.

한참이 지난 후에야 아내는 고개를 들어 거실 창을 바라보았다. 앞집 1층과 2층에 불이 켜져 있었지만 오래전 두고 온 과거처럼 아득했다. 아내는 입을 굳게 다물었다. 나 역시 할 말을 찾을 수 없었다.

우리는 잠시 그렇게 앉아 있다 2층으로 올라갔다. 아내는 와인 탓인지, 어젯밤 잠을 자지 못해서인지 금세 잠이 들었다.

　그 밤엔 아내를 지켜보는 내가 잠들 수 없었다. 아내의 어린 모습이 떠올랐고, 이미 죽은, 아내의 아버지란 사람에게 살의가 느껴졌다. 새벽녘, 화장실에서 소변을 본 후 무심코 창밖을 내다보았다. 바람이 잦아들었는지 다행히 슬레이트 지붕은 조용히 내려앉아 있었다. 개는 어디로 사라졌는지, 보이지 않았다. 다만 숲에서 알 수 없는 짐승의 소리가 들려왔다.

***

　아내와 나는 영어 학원에서 만났다. 나는 회사 입사를 위해, 아내는 대학원 진학 시험을 준비하던 중이었다. 시험을 앞두고 뜻이 맞는 다섯 명이 스터디 모임을 만들었다. 아내와 나는 다른 멤버들과 함께 카페에서 기출문제를 풀거나 난해한 문제들을 공유했다. 아내는 누구에게나 밝게 웃었고, 친절했다. 항상 사람 수만큼 기출문제를 프린트해 오는 것도 아내였다. 가끔 멍하니 창밖을 바라보고는 했는데, 두세 번 말을 걸어야 알아채고는 했다.

그럴 때면 미안하다며 어색하게 웃었다. 그 웃음이 오랫동안 기억났다.

시험이 끝나고 취업에 성공한 후에도 멤버들은 종종 유명한 카페를 찾아가거나, 가볍게 맥주를 마시곤 했다. 아내는 다음 해 대학원에 합격했고, 석사과정을 마친 후 박사 과정을 준비하던 중 결혼했다. 내가 서두른 결혼이었다. 아내가 옆에 있으면, 괜찮은 사람이 될 수 있을 것 같았다. 독일어를 전공하던 아내는 결혼 후 선배의 소개로 번역일을 시작했다.

만난 지 6년이라는 시간이 지났지만, 아내에게 그런 과거가 있을 거라고는 생각하지 못했다. 그런 생각을 하기에, 아내는 너무 여렸다. 저 사람이 어떻게 이런 세상을 살아갈까, 나는 갓난아이에게나 느낄 법한 감정을 아내에게 느끼고는 했었다. 그렇기에 더욱 아내의 폐가 안 좋다는 말에 아내를 기어이 이 산속까지 끌고 내려온 것이었다. 이렇게 아내에게 잊힌 과거를 캐내려던 것은 결코, 아니었다.

지난번 아내가 번역한, 트라우마에 대한 심리학책의 구절이 떠올랐다. 번역을 하다 재미있는 사례가 있다며 아내가 읽어준 부분이었다.

완전히 무의식에 묻혀 있던 나쁜 기억이 어떤 조건이 맞았을 때, 갑자기 의식 위로 떠오르는 경우가 있습니다. 일종의 트라우마의 재발견이라고 할 수 있죠. 트라우마가 발생한 당시의 어떤 조건, 그러니까 소리나 냄새, 또는 어떤 특수한 시각적 자극에 의해서도 발현될 수 있는데, 언제 어느 때 일어날지 알 수 없기 때문에 심각한 문제가 될 수도 있습니다. 이번에 일어난 총기 사건만 해도 범인은 자신도 모르게 어린 시절 자신을 학대하던 어머니 나이 또래의 여자에게 총을 난사합니다. 일면식도 없는 사이였는데 말이죠. 훗날 남자와 면담할 때 남자가 말하더군요. 어머니는 자신이 콩으로 만든 요리를 먹지 않을 때면 자신을 지하실에 가두고 때렸다고 말입니다. 근데 자신이 살해한 그 여자가 자신에게 콩을 먹어보라고, 먹지 않으면 안 된다고 했다는 거예요. 여자는 마트 직원이었는데, 그에게 두부로 만든 요리를 시식해보길 권했을 뿐인데 말입니다.

화장실 문을 닫고 침대로 돌아와 보니 아내가 잠결에 웅얼거리는 소리가 들렸다. 아내는 지금 과거의 어디를 헤매고 있는 것일까. 아내는 기억을 떠올리기 전으로 돌아갈 수 있을까. 나는 잠든 아내의 손을 잡았다.

***

　새벽에 잠이 든 나는 다음 날도 아내보다 늦게 깨어났다. 여전히 숙소 침대와 방에서 깨어나는 일이 낯설었다. 시차가 바뀐 것도 아닌데, 이곳에서는 시간과 공간이 어긋난 채 흐르는 기분이었다. 오늘도 바람이 거세게 부는지 슬레이트 지붕 날리는 소리가 한층 더 크게 들려왔다.

　아내는 아래층에서 아침을 준비하고 있었다. 커피 향이 집 안 전체에 스며들었다.

　숙소에 토스터가 있으니 편하네.

　아내는 높낮이가 없는 목소리로 구운 식빵을 접시에 담았다. 거실 창밖으로 앞집 여행객들이 차에 짐을 싣는 모습이 보였다. 다른 곳으로 이동하는 것 같았다. 우리도 여행객인데, 마치 이곳에 오래 살아온 사람 같은 기분이 들었다. 이상했다.

　당신 자는 동안, 어제 그 아이 집에 가봤어.

　커피잔을 든 아내가 말했다.

　이른 시간이라 그런지 아이는 안 보이더라. 그 집하고 맞은편 집에만 차가 있고, 사람이 사는 거 같긴 하던데. 여기 단지엔 두 집만 누가 살고 나머진 빈집인 건지, 조용하네. 아니면 앞집이나 여기처럼 숙소로 쓰든가.

나는 식빵을 씹으며 아내의 이야기를 들었다.

다시 돌아오려는데 그 애랑 엄마로 보이는 여자가 나와서 차에 타더라. 애는 땅만 보고 잔뜩 주눅이 든 것처럼 보였어. 아빠인지 남자가 나와서 운전하고 나갔고. 부모가 우리보다 어려 보이던데.

나는 아내가 아이에게 보이는 관심이 이상하다고는 생각하지 않았다. 그저 같은 단지 안에 머무는 아이에 대한 지극히 정상적인 호기심일 뿐이라고만 생각했다. 아내의 말처럼 정말 이 집과 그 아이가 아내의 기억을 떠올리게 하고, 아내가 한 행동의 트리거가 된 것인지는 아직도 알 수가 없다.

아내가 다시 기침을 하기 시작했다. 우리가 이 여행을 떠나온 목적을 잠시 잊고 있었다. 이 집의 외관이나 주변 환경, 폐축사의 소음, 얼굴에 멍이 든 아이가 중요한 게 아니었다. 처음 이곳을 선택한 이유는 도시의 오염에서 벗어나려는 것이었다. 아내에게 치명적인 바이러스를 가진 사람들을 멀리하는 것. 이곳에 머무는 한 달은 아내와 나의 앞날을 결정할 중요한 기회였다.

괜찮아? 요샌 거의 기침 안 했잖아.

목에 뭐가 걸렸나 봐.

아내는 나를 배려해 언제나 그렇게 말했지만, 기침은 쉽게 가라앉지 않고 끊어질 듯 다시 이어졌다. 전기 포트에 생수를 붓고 전원 버튼을 눌렀다. 따뜻한 물을 따라 아내에게 건넸다. 집에서 챙겨온 생강액을 잔에 담고 뜨거운 물을 부었다. 찻잔을 쥔 아내 눈에 물기가 어렸다.

***

며칠이 지났지만, 아내의 기침은 멈추지도 더 심해지지도 않았다. 내가 일을 하러 2층으로 올라가면 아내는 가져온 번역일을 하거나 텔레비전을 켜고 평소라면 보지 않을 프로그램을 멍하니 보았다. 한번은 커피를 마시러 내려갔는데 아내가 없었다. 일을 마치고 내려가 물으니, 아내는 잠깐 밖에 나갔다 왔다고만 했다.

나중에 알았지만 그날 아내는 다시 아이의 집을 찾아갔고, 그곳에서 처음으로 아이와 얘기를 나눴다고 했다. 아이는 여전히 마당에 쭈그리고 있었다.

넌 몇 살이니?

일곱 살이요.

엄마 아빠는 집에 계시니?

네.

왜 나와 있어? 집에서 놀지.

집에 들어가면 엄마한테 혼나요.

대답을 하면서도 아이는 흙만 파헤칠 뿐 아내와 눈을 맞추지 않았다. 아내가 주머니에 있던 초콜릿을 건네자 아이는 그제야 아내의 얼굴을 올려다보았다. 아이는 초콜릿을 허겁지겁 먹어 치웠다. 어린 짐승, 굶주린 짐승 같다고 아내는 생각했다. 다음엔 배가 부를 만한 것을 챙겨야겠다고 생각했다. 아이에게 왜 유치원에 가지 않느냐고 묻자 자기는 나쁜 아이기 때문에 갈 수 없다고 했다.

네가 왜 나쁜 아인데?

아내가 물었다.

그냥 그렇대요. 밥도 많이 먹고 잠도 많이 자고 청소나 설거지도 잘 못 한다고. 그리고 내 몸엔 나쁜 괴물이 있대요. 그래서 자꾸 때려야 한대요. 여기도 때리고 여기도 때리고.

아이가 손가락으로 머리와 얼굴, 다리를 짚었다. 아내는 감지 않아 헝클어진 아이의 단발을 내려다보았다.

아내는 알 수 없는 통증으로 심장이 조이는 것 같았다.

춥지 않아?

아니요, 괜찮아요. 동생은 저보다 더 추운걸요. 그래서, 집에 들어가면 안 돼요.

아내는 아이가 무슨 말을 하는지 알 수 없었다.

동생이 있니?

그때 문이 열리고 아이 아빠가 아이를 향해 소리쳤다. 그는 아내에게도 알 수 없는 욕설을 내뱉었다. 아내는 문 앞에서 뒤통수를 세게 얻어맞는 아이를 보며 뒤돌아 올 수밖에 없었다.

***

그 집에서 지낸 지 열흘째 되던 날 아침, 아내는 집으로 돌아가고 싶다고 했다. 한 달 살기였지만 정확히는 28박 29일 일정이었다. 아직 19일의 시간이 남았지만, 아내는 이곳에 더는 머물고 싶지 않다고 했다.

집으로 가고 싶어.

나는 숙소 안내 페이지에서 환불 규정 등을 살폈다. 한 달 살기라는 특수함 때문에 환불은 받을 수 없었다. 하지만 나 역시 이곳에 떠도는 불온한 낌새를 더는 견디고 싶지 않았다. 회사에서 며칠 내로 한번 들르라는 연락을 받은 것도 바로 전날 저녁이었다. 나는 메신저로 주인에게 사정이 생겨 숙소를 떠나게 되었으며, 내일 중으로 정리를 하고 나가겠다고 알렸다. 주인은 놀란 듯했지만, 숙소를 떠나며 해야 할 일들을 알려주었다. 분리수거와 비품 정리, 문단속 같은 것들.

오전 내 우리는 다시 짐을 쌌다. 점심을 먹고 나는 다시 2층으로 올라가 회의에 참석했다. 저녁을 먹고 잠자리에 든 시간이 10시쯤이었다. 저녁에 우리는 남은 와인을 나눠 마셨고, 나는 책을 읽다 잠이 들었다. 귀를 울리는 사이렌 소리에 눈을 떴을 때는 창밖이 환하게 빛나고 있었다. 아내는 옆에 없었다.

옷을 입고 밖으로 나왔다. 좁은 도로에 소방차와 구급차, 경찰차가 사이렌을 요란하게 울리며 서 있었다. 십여 명의 사람들이 분주하게 움직이고 있었다. 불이 난 아이의 집 앞에 아내가 서 있었다. 아내는 표정이 사라진 사람 같았다. 불이 꺼지고, 나와 아내는 경찰에게 화재에 관련해 아는 내용이 있는지 진술해야 했다. 아내와 나는 잠을 자다 시끄러운 소리에 깨어 나왔다고 했다. 우리는 이곳에 여행을 온 여행자라고, 내일이면 떠날 거라는 말도 덧붙였다. 우리 외에 몇 명의 사람들이 그곳에 서 있었다. 한 번도 본 적 없던, 이곳에 사는 사람들이거나 여행을 온 사람들. 아이와 부모가 구급차에 실려 떠나고 난 후, 한 소방관이 집 안에서 외치는 소리를 들었다.

여기, 이상한 게 있어요. 여기, 냉장고 안에!

***

 아내와 나는 집으로 돌아왔다. 도시로 돌아왔고, 전염
병은 더 심각하게 일상을 잠식하고 있었다. 하지만 더는
아내에게 다른 도시로 떠나자는 말을 할 수 없었다. 17
층 아파트에서 내려다본 도시는 떠나온 그 숙소처럼 어
둡고 적막했다. 아내의 기침은 멈추지 않았다.

 집으로 돌아오고 며칠이 지나고서야, 나는 불이 나던
밤 아내에게 무슨 일이 있었는지 물었다. 아내는 무슨 말
을 해야 할지 고민하는 듯 보였다.

 떠나기 전날 밤이라 잠이 안 와서 밖에 나갔었어. 그리
고 아이의 집까지 가게 됐어. 커튼을 닫지 않은 거실 창
으로 소파에 나란히 앉아 있는 아이와 그 애 엄마, 아빠
가 보였어. 어둠 속에 거실 창 안이 또렷이 드러났어. TV
화면보다 더 선명하게 말이야. 그 애 엄마, 아빠 둘 다 담
배를 피우고 있었는데, 갑자기 아이 아빠가 아이 팔에 연
기가 오르는 담배를 비비는 거야. 아이가 괴로운 듯 몸부
림치는데…….

 아내는 잠시 말을 멈췄다.

 그 둘은 웃고 있더라. 멀리서도 그 모습이 너무 선명하
게 보였어. 어떻게 해야 할지 몰랐어. 아이가 너무 가여

웠는데. 아이는 익숙한 듯 도망치지도 않고 그 자리에 주
저앉았어.

아내는 조용히 눈물을 흘렸다.

아내는 오래도록 그 집 앞을 떠나지 못했다.

어린 시절 기억과 눈앞의 현실이 뒤엉키는 것 같았어.
정신을 차리고 휴대전화를 꺼내 112를 누르려는데 이미
둘은 2층으로 올라가고 있더라. 아이만 혼자 거실 바닥
에 앉아 있었고.

2층 방 불이 꺼지고 아이는 일어나 냉장고 앞으로 걸
어갔다. 먹을 걸 찾으려는 건가 싶었지만, 아이는 냉장고
를 열지 않고 돌아섰다가 거실 탁자 위에 있던 라이터를
들고 다시 냉장고 앞으로 갔다. 라이터는 잘 켜지지 않았
다. 두 손으로 라이터를 켜려고 안간힘을 쓰는 아이의 모
습이 보였다.

아이는 포기한 듯 라이터를 든 채 거실 창을 열고 마
당으로 나왔다. 그리고 울타리 앞에 서 있던 아내와 마주
쳤다. 아내는 울타리를 열고 들어가 아이 옆에 섰다. 아
이는 아내의 손을 잡았다. 아이와 아내는 뒷마당으로 함
께 걸어갔다.

어둠 속에서 아내가 라이터를 켰다. 라이터에 불꽃이

일었다. 아이는 아내를 물끄러미 바라만 보았다. 아내는 아이의 팔뚝에 난 상처들을 보았다. 어제 생겼을, 며칠 전 생겼을, 언제 생겼는지 더는 알 수도 없을 만큼 오래 된 상처들.

동생이 저 안에서 추울 것 같아요. 따뜻하게 해줘야 해요. 동생은 아직 아기예요.

아이는 추운 듯 몸을 웅크렸다. 아내는 아이를 가만히 안았다. 아내의 품 안에서 아이는 조용히 흐느꼈다. 오래된 무언가를 내려놓고, 아주 긴 시간 숨긴 채 살아가야 할 무언가를 품에 안듯이. 아이를 안은 아내의 눈에서도 눈물이 흘러내렸다.

버려진 종이 상자가 눈에 들어왔다. 라이터를 쥔 아내의 손이 작게 흔들렸다. 아내는 아이 눈을 바라보며 아이 입술에 자신의 손을 올렸다. 그리고 고개를 저었다. 마치 누구에게도 말하면 안 된다는 듯이. 앞으로 일어날 일은 결코 우리가 알 수 없는 미지의 일이라는 듯이. 종이상자는 아이의 눈물처럼, 불에 덴 살처럼, 천천히 타들어 가기 시작했다. 다음 순간, 바람이 일며 불꽃은 모든 것을 집어삼킬 듯 빠르게 몸을 일으켰다.

1

 내가 태어나던 날, 그해 겨울 가장 큰 폭설이 내렸다고 한다. 예정일 보름 전, 엄마는 근처에 살던 큰이모 댁에 갔다. 저녁을 먹고 집에 가려고 대문을 나섰을 땐 이미 어두워진 거리로 옅은 눈발이 흩날리고 있었다. 걸어서 십 분 거리에 집이 있었기 때문에 택시를 잡아준다는 이모의 손을 뿌리치고 엄마는 길을 나섰다. 그때 우리 집은 조금 높은 언덕에 있는 동네였다. 엄마는 평소엔 가뿐히 오르던 길이 그날따라 끝이 보이지 않는 모래언덕처럼 아득해 보였다고 한다. 힘들게 숨을 고르며 언덕길을 오르는 동안 눈은 점점 거세졌다. 발걸음을 재촉하던 엄마는 눈에 덮여 있던 빙판에 넘어지고 말았다. 알이 깨진 가로등 주변은 짙은 어둠에 덮여 있었다. 넘어지며 생긴 충격 때문인지 배에 통증이 느껴졌다. 엄마는 근처 전봇대까지 기어가 전봇대를 잡고 일어서보려 했지만, 왼쪽 발목에 찌를 듯한 통증이 느껴져 그대로 주저앉고 말았다. 전봇대에 기대앉아 도와달라고 소리쳤지만 거세게 몰아치는 눈과 바람에 묻힌 소리는 허공으로 사라졌다. 발목과 배의 통증도 참을 수 없었지만, 배 속의 내가 잘못되면 어쩌나 하는 불안이 더 컸다고 한다. 얼마나 지났을까, 온몸은 얼음장처럼 차가워지고, 발목의 통증도 거의 느껴지지 않을 때쯤, 저 멀리 눈이 내리는 어두운 골목 안에서 빛이 보이기 시작했다. 누군가 오고 있는 것은 아닐까 싶어 엄마는 힘들게 몸을 돌려 그 빛을 바라보았다. 알 수 없는 빛은 점점 커지면서 밝아졌고 엄마는 빛을 바라보다 정신을 잃고 말았다. 엄마는 병원 입원실에서 눈을 떴다. 수술로 나를 낳은 후였고, 다행히도 엄마와 나에게 별다른 이상은 없었다. 연락을 받고 달려온 아빠가 엄마의 손을 잡았다.

엄마는 때때로 그날 일에 대해 말하고는 했다.

그때 정신을 잃고 있었을 때 말이야. 사방이 온통 칠흑인데 한가운데로 서서히 하얗고 둥그스름한 게 보이지 않겠니. 처음엔 흐릿해서 뭔가 싶었는데 시간이 지날수록 점점 밝아지더라. 꼭 보름달처럼 생겼는데 그게 그냥 형광등처럼 밝기만 한 게 아니고 따뜻하니, 온기가 느껴지는 거야. 온몸이 덜덜 떨렸는데 그 빛을 보고 있으니 거짓말처럼 따뜻해지더라. 마치 어렸을 적 대청마루에 누워 있던 때처럼 그냥 한숨 푹 잤으면 싶고, 그 빛인지 뭔지 속으로 자꾸 몸이 빨려 들어가는 것 같았다니까. 지금껏 살면서 그런 느낌은 처음이자 마지막이었지. 꼭 엄마 배 속이 그러려나…… 그러다 눈을 뜨니 병원이었어. 생각해보니 그때 그대로 그 속으로 빨려 들어갔으면, 글쎄, 그게 죽는 게 아니었을까 싶기도 하네…….

2

며칠째 내리던 비가 그쳤습니다. 그래서일까요, 오늘 아침은 유난히 하늘이 파랗습니다. 그리 높지도 낮지도 않은 구름이 유유히 파란 허공을 유영해갑니다. 섬 같은 한 덩이 큰 구름이 가버리면 흩어진 치어 같은 어린 구름이 그 뒤를 서서히 따라갑니다. 바람은 흔적조차 없는데 구름은 끊임없이 흐름을 이어갑니다. 구름만으로는 부족했는지 이름 모를 두 마리 새가 재빠르게 허공을 치고 날아오릅니다. 얼마나 높이 올라갔는지 마치 두 개의 점이 흩날리듯 보입니다. 두 마리가 번 가르며 한참을 그렇게 크고 작은 원을 그리다 어딘가 구름 속으로 숨어버립니다.

2층 베란다 의자에 앉아 거리를 내려다봅니다. 길가엔 가장자리에 주차된 몇 대의 차를 빼고는 움직이는 차를 찾기 힘듭니다. 색색의 단층 지붕 주택들이 바둑판의 바둑알들처럼 나란히 정렬해 있는 이 거리엔 제가 사는 이 집만이 3층 건물입니다. 붉은색 벽돌 건물엔 한 층에 두 집씩 모두 여섯 채의 집이 있습니다. 각 집에는 두 개의 방과 하나의 욕실, 그리고 욕실과는 따로 떨어져 있는 화장실이 있습니다. 화장실을 쓴 후 손이라도 씻으려면 다시 욕실로 들어가야 해서 불편하기는 하지만 J가 욕실을 쓰고 있는 동안에도 화장실을 쓸 수 있어 편할 때가 많습니다. 베란다는 거실과 연결되어 있어 이렇게 베란다에 앉아서 집 안을 들여다보곤 합니다. 언젠가 떠날 집이라 그런지, 여전히 서먹한 이방인 같습니다.

긴 소파가 놓인 넓은 벽 중앙엔 액자가 걸려 있습니다. 폭 1미터에 높이가 40센티 정도 되는 직사각형의 검은 틀 액자 속엔 대륙 중심의 사막에 있는 거대한 암석 사진이 있습니다. 해 질 무렵의, 아니 어쩌면 해가 뜨고 있는지도 모르겠지만 제 생각에는 지고 있는 빛의 느낌인 것 같습니다. 이곳에서도 유명한 암석에 내려앉은 석양은 붉은색이라는 한 가지 색으로는 표현되지 않는 수천의 색이 어우러져 하나의 거대한 형상을 이루고 있습니다. 황량한 사막 한가운데 자리 잡은 바위는 하루에도 수차례 주변 색을 바꿔가며 긴 세월을 묵묵히 빛 속에 자신을 드러내고 있습니다.

하루에도 몇 번씩 그 사진을 들여다보곤 합니다. 그 빛 속에 서면 내 안에 자리 잡은 이 무겁고 커다란 돌이 녹아내려 저 큰 바위 속으로 사라져버릴 것 같은 기분이 듭니다. 그제야 제 몸이 깃털처럼 가벼워져 그 빛 속으로 녹아내리듯 사라져버릴지도 모른다고 생각하면서 말입니다.

다시 거리를 내려다봅니다. 일요일이라 거리는 한산합니다. 트레이닝복을 입은 젊은 남자가 빠르게 거리를 뛰어갑니다. 이곳에선 주말이면 사람 보기가 힘듭니다. 대부분 근처 해변이나 숲으로 떠나거나, 집에서 가족들과 시간을 보내기 때문이라는 건 이곳에 오고서도 한참이 지나서야 알게 된 일입니다. 처음엔 낯설기만 했던 모든 것들이 조금씩 익숙해지고 있습니다.

이곳에서 지낸 지 8개월을 채워갑니다. 달이 기울고 차는 걸 몇 번이나 보았을까요. 빛이 없는 밤하늘엔 작고 둥근 달이 하루에 한 번씩 자신을 갉아먹기도 하고 게워내기도 하며 밤의 시간을 다스립니다. 240여 일, 240번의 변신. 제 몸 어느 틈으로 그 시간이 스며들어 갔는지 요즘은 하루가 그곳의 점심 한나절처럼 느껴집니다. 대부분은 이렇게 베란다에 앉아 책을 읽거나, 비가 오는 날이면 오래된 옛날 영화를 보면서 집 밖으로는 나가지도 않는데 말입니다. 그렇게 지내다 보니 누구를 만나거나 말을 하지도 않습니다. 같이 사는 J가 보름 전 북쪽으로 여행을 떠난 후로는 지난 보름 동안 누구와도 말을 해본 적이 없습니다. 하지만 그리 불편하진 않습니다. 누군가 와 말을 하고 싶다는 욕구도 느끼지 않습니다. 아시겠지 만 그곳에선 하루 8시간 이상을 끊임없이 떠들어야 했었 는데. 그땐 어디에 그런 에너지가 숨겨져 있었을까요. 이 렇게 입을 열지 않아도 잘 지내고 있으니 말입니다.

이곳 사람들과 얘기해보고 싶다는 생각을 하지 않은 건 아닙니다. 하지만 이곳 언어에 익숙하지 않은 저는 간 단한 인사밖에는 할 수가 없었답니다. 물론 답답한 마음 에 공부를 해보려고도 했습니다. 근처 작은 시립 도서 관에서 종일 쉬지 않고 책만 본 적이 있습니다. 도서관 이 열리는 오전 10시부터 문이 닫히는 오후 8시까지 종 일 한자리에 앉아 몇 권의 노트를 빼곡히 채워갔답니다. 하루하루 보아야 할 책의 분량을 정해놓았었죠. 생각만 큼 쉬운 일은 아니었지만 한번 정해진 양은 그대로 규칙 이 돼버렸습니다. 만약 도서관에서 다 끝내지 못했을 땐 집에 돌아와서 끝을 냈습니다. 물론 지금 돌아보면 조금 은 한심한 짓이었다고 생각하지만 그땐 그렇게라도 어떤 틀 속에 자신을 가둬두지 않으면 안 된다고 생각했습니다. 이곳에 온 지 얼마 되지 않았고 제 내부엔 너무 큰 무질서가 깊게 자리 잡고 있었으니까요.

하루 중 유일한 휴식 시간은 집에서 만들어 간 샌드위치를 먹는 시간이었습니다. 그 시간 역시 30분으로 정해져 있었지만, 그 시간엔 마음껏 빛을 즐길 수 있었답니다. 가끔은 포장을 벗긴 샌드위치 빵이 마를 때까지 먹는 것조차 잊고 잔디에 누워 있었던 적도 있었습니다. 그렇게라도 하루치 햇빛을 흡수하고 나면 도서관 전등 불빛 아래서도 버틸 힘이 생겼답니다. 혹시 제가 햇빛을 좋아했다는 거 기억하시나요. 대부분, 특히 제 나이 또래 여자들은 의도적으로 햇빛으로부터 자신을 보호하려고 하지만 전 오히려 햇빛을 찾아다녔답니다.

언젠가 당신과 함께 시내 야외 카페에서 점심을 먹은 적이 있었습니다. 5월 햇살이 부드러운 융단처럼 제 몸을 감싸고 있었습니다. 발코니 테이블 위로 겹겹이 둘러싸인 파라솔 사이에서도 가장자리 한 틈으로 비치는 햇빛 속에 자리를 잡은 저를 보며 당신은 이렇게 말했습니다. 언젠가 널 데리고 사막에 가고 싶어. 그곳에선 실컷, 원하는 만큼 빛을 즐길 수 있을 거야, 라고. 요즘 피부가 더 건강해 보인다며 파라솔 그늘에 앉은 당신이 웃었던 가요. 당신은 몰랐겠지만 당신의 입에서 사막이라는 말을 들었을 때 심장이 터질 것 같았답니다. 당신에게 말한 적은 없었지만 제 꿈은 사막에 가는 거였거든요. 사진이나 화면을 통해 질리도록 보고 또 보았던, 그 끝없이 강하고 숨 막히는 빛 속에 서보는 게 제 꿈이란 걸 알고 계셨을 리 없었을 겁니다. 아마도 사막의 빛은 지금껏 제가 알고 있는 그런 종류의 빛이 아닐 겁니다. 그곳에 머리카락 한 올이라도 들여놓는 순간, 구석구석 미세혈관 한 가닥까지도 투명해지고 말 그런 빛이겠지요. 종업원이 음식을 내놓기 전까지 저는 그 사막에 당신이 절 데려가준다면 어떨까 하는 생각을 했던 것 같습니다.

그날 당신과 헤어져 집으로 돌아오는 길에 근처 서점에 들러 아프리카 사막의 사진집을 한 권 샀습니다. 그리고 가장 강한 빛이 느껴지는 사진을 뜯어 침대 옆 벽에 붙여두고 밤새 사진을 들여다보았답니다. 그날 밤 전 꿈을 꾸었습니다. 발이 푹푹 빠져드는 모래 속으로 걸어 들어가는 제 모습이 보입니다. 두 손으로 차양을 만들어 가려보려 하지만 빛은 그대로 손을 통과해 아무 소용이 없습니다. 여기가 어디일지 궁금합니다. 눈을 뜨려는 순간 눈의 틈새로 빛이 쏟아져 들어오고 그대로 제 몸 구석구석 손가락, 발가락 끝까지 뚫고 들어옵니다. 소리를 지르는지 입을 벌리고 있지만 소리가 들리지 않습니다. 빛은 소리까지 삼켜버립니다.

3

도서관에서 지낸 지 보름째 되던 날, 집으로 J가 찾아옵니다. 이곳으로 오기 전 구한 집이 생각보다 넓어 방 하나를 셰어한다는 광고지를 붙여놓은 지 삼일째 되는 날이었습니다. 빈 종이에 집 주소와 간단한 설명을 전화번호와 함께 적어 도서관 광고판에 붙여두었답니다. 솔직히 낯선 사람과 함께 지낸다는 게 내키지는 않았지만 제가 가진 돈으로는 달마다 내야 하는 집세가 부담이 되었답니다. 가져온 퇴직금도 언젠가는 바닥을 낼 테니까요.

도서관에서 나와 집에 도착한 게 9시였습니다. 전화를 받았을 때 J는 쪽지를 보았다며 지금 집을 보고 싶다고 했습니다. J의 목소리는 잊힌 무언가를 생각나게 하는 힘을 지니고 있었습니다. 간신히 포개고 싸매 터지지 않을 정도로만 끈을 매어 심장 밑바닥 한 귀퉁이에 숨겨두었던 상자가 픽 소리를 내며 열려버렸습니다. 가늘지만 차분하고 힘이 들어간 목소리. 그곳에서 하던 일 때문에 전화 목소리만 듣고도 그 사람의 모습을 짐작할 수 있었답니다. 당신과 처음 통화를 했을 때도 당신을 상상하는 일을 멈출 수가 없었습니다. 약간 굵은, 크지도 작지도 않은 목소리, 천하지 않은 말투, 적절한 어휘들, 그리고 웃음소리. 불만을 얘기하며 웃을 수 있는 사람은 많지 않았죠. 사람들은 제가 정해진 멘트를 하기도 전에 자신들의 불만을 토해내기 시작했으니까요. 도대체 왜 사이트 연결이 안 되는 거죠, 오늘 내가 손해 본 게 얼만지 알아, 하면서 말이에요. 제가 속한 팀이 주로 기업 전문 전자거래에 관련된 경우가 많아서 금전적으로 크게 문제가 발생하기도 했으니까요. 그럴 때면 전 항상 같은 말을 되풀이할 뿐이었답니다. 불편을 끼쳐드려 대단히 죄송합니다, 정말 죄송합니다. 하지만 당신은 달랐어요. 물론 당신 한 분만이 달랐다고 말할 수는 없지만 제겐 그랬던 것 같습니다. 당신의 목소리엔 유혹이 있었다고. 당신을 보고 싶다는, 목소리만이 아닌 당신의 얼굴과 몸을 그 목소리와 함께 보고 싶다는 강한 끌림. J의 목소리를 들었을 때도 뚜렷이 느낄 수 있었습니다. 내 세계 속으로 들어와도 괜찮을 사람이라고, 말입니다.

J는 집 근처라고 했습니다. 잠시 후 계단을 올라오는 소리가 들리고 J가 문을 두드립니다. 문을 열자 그곳에 J가 있습니다. 하나로 묶은 긴 생머리. 염색한 지 오래되었는지 정수리부터 귀밑까지의 머리카락과 그 아래 머리카락 색이 뚜렷하게 차이가 났습니다. 쌍꺼풀 없이 커다랗고 시원한 눈매, 균형 잡힌 곧은 콧날, 갈색으로 그을린 피부에 잘 어울리는 흰 원피스. 문안으로 들어온 J의 행동은 낯선 사람의 방문에 인색한 제 모습과는 달리 이런 일쯤엔 익숙하다는 듯 당당해 보입니다. 거실로 들어서며 짧게 사방을 둘러본 후 제게 눈길을 건넵니다. 어느 방이 내가 살 방이니? 하지만 J의 눈길은 내가 아닌 거실의 액자에 닿아 있습니다. 저곳에 가본 적이 있어. 그 열기라니, 아직도 잊히지가 않아. 제가 빈방을 가리키자 J는 방 쪽으로 걸어가 문을 열고 불을 켭니다. 저도 뒤를 따라 방으로 들어섭니다. J는 어느새 침대 위에 앉아 매트리스를 손가락으로 눌러보고 있습니다. 침대 커버는 내가 사야 하니? J는 일어서 창을 열어봅니다. 그건 내가 준비하겠다고 하자 창을 닫고 커튼을 좌우로 밀어봅니다. 오늘부터 여기서 살아도 될까? 그때야 J의 눈길이 제 눈에 와 닿습니다. 짙은 파란색의 눈. 문 앞에선

보지 못했던 짙은 파란색 눈에 그만 숨이 멎어버릴 것만 같습니다. 침대 커버는 내일 살게. 전 그녀의 눈을 피해버립니다.

4

　당신 집에 처음 가던 날 유난히 뜨겁던 팔월의 햇살을 기억합니다. 무늬 없는 흰 티와 베이지색 반바지를 입은 당신이 눈에 들어옵니다. 문을 열어준 당신 손엔 젓가락이 들려 있습니다. 찾는 데 어렵지 않았어? 당신 집은 지하철역 바로 앞, 신축 아파트라 어렵지 않게 찾을 수 있었습니다. 이유 없는 먹먹함에 이곳을 지나는 버스를 타고 몇 번이나 올려다보았던 당신 방을 전 어렵지 않게 찾을 수 있었습니다. 꽤 덥지? 더울 텐데 우선 물 한잔 마셔. 구두를 벗고 들어서니 당신 방은 싸늘한 에어컨 냉기로 숨 막히는 한여름 열기를 순간 사라지게 합니다.

　당신의 집은 남자 혼자 사는 집이라고 하기엔 지나치게 정갈합니다. 회색 톤의 텔레비전과 오디오가 장식장에 단정히 놓여 있습니다. 적당한 크기의 원목 탁자와 소

파가 장식장을 마주 보며 놓여 있고, 장식장 옆으로 제
키만 한 흰색 갓을 두른 스탠드가 서 있습니다. 문이 열
린 침실 안 침대 위엔 오렌지색 꽃무늬 이불이 반듯하게
정리되어 있습니다. 이불은 마치 차분한 가을 연못에 던
져진 돌멩이 같은 느낌입니다. 이불이 좀 우습지? 영국
에서 들어올 때 가져온 거야. 거기서 1년 정도 쓴 건데
정이 들어서 말이지. 제 시선이 한참 동안 침대에 머물러
있자 당신은 웃으며 말합니다. 침대 커버와 이불에 드는
정이란 어떤 것일까. 익숙해진 냄새와 촉감 때문에 잠들
기 편하다는 의미일까요.

　당신은 부엌 조리대 앞에 서서 라면 봉지를 뜯고 있습
니다. 라면 좋아해? 뭘 대접할까 고민했는데 제일 자신
있는 게 이것뿐이어서 말이야. 전 괜찮다고 합니다. 식탁
에 마주 앉은 당신이 그릇에 라면을 덜어줍니다. 젓가락
에 걸린 라면 가닥을 입에 넣으며 당신은 말합니다. 내
라면에는 중요한 점이 있어. 이걸 봐. 면의 굵기가 다르
지. 당신은 신기한 장난감을 손에 쥔 아이 같은 눈을 하
고 있습니다. 난 항상 두 종류의 라면을 섞어 끓이거든.
굵거나 가늘거나 넓적하거나 얇거나 하는 식으로 말이
야. 물론 스프도 두 종류를 섞지. 왠지 한 가지만으로는
입안에 재미가 부족하달까.

소파에 나란히 앉아 커피를 마시며 줄곧 켜져 있던 풋볼 경기를 봅니다. 댈러스와 필라델피아의 경기. 댈러스가 46대 30으로 이기고 있습니다. 당신은 소파에 등을 기댄 채 제가 당신 곁에 앉아 있다는 걸 잊어버린 듯 오랫동안 경기에 집중합니다. 금발의 모델이 머리를 흩날리며 운전대를 잡고 계곡을 거칠게 몰아가는 자동차 광고가 나오는 동안에도 당신은 텔레비전에서 시선을 거두지 않습니다. 화장실 문을 열고 나오는 제게 당신은 말합니다. 우리 어디 드라이브라도 갈까.

어쩌면 그날 전 당신 집에 더 오래 머물고 싶었는지도 모르겠습니다. 그날 아침, 회사 동료가 지난 생일에 선물했던 붉은색 수가 놓인 속옷을 꺼내 입은 것도 그 때문인지 모릅니다. 백화점 세일 때 사두고 한 번밖에 입지 않았던 검은 원피스를 꺼내 입은 것도, 전날 밤 손톱을 정성 들여 깎고, 매니큐어를 바르고 지우고 했던 것도 다 그 이유 때문이었을지 모릅니다.

J와 함께 살면서 도서관 일과도 끝이 났습니다. 다음 날 전 J의 침대 커버와 이불을 사기 위해 시내로 나가 쇼핑을 했습니다. J의 눈을 닮은 푸른색 커버 세트를 사고 파스타 재료들을 산 후 집으로 돌아와 보니 J가 보이지

않았습니다. 침대 커버와 이불 커버를 씌우고 있으려니 문 두드리는 소리가 들렸습니다. J는 두 손 가득 비닐 백을 들고 서 있었는데 식탁 위에 내려놓은 백 안에는 와인과 맥주캔이 가득했습니다. 같이 살게 된 기념으로 파티를 하려고. 뭘 좋아하는지 몰라서 종류별로 샀어. 와인을 냉장고에 넣으며 J가 말했습니다. 술은 좋아하지? J는 제가 대답을 하기도 전에 맥주를 땁니다.

그날 밤 J와 많은 얘기를 했습니다. 술을 많이 마신 것도 아닌데 몇 번인가 구역질이 났습니다. J가 걱정스러운 듯 화장실 문에 기대서서 물었습니다. 어디 아픈 거 아니니? 임신이라도 한 것처럼 구역질을 하네. J의 말이 끝나기도 전에 점심에 먹은 햄버거까지 모두 토해내고 말았습니다.

J는 일주일 전 이곳에 왔다고 했습니다. 미학을 전공했던 대학 시절 답사를 겸해 떠난 유럽 여행이 계기가 돼 학교를 졸업하자마자 여러 곳을 여행하고 있다고 했습니다. 실제 J의 눈은 옅은 갈색입니다. J는 파란색을 좋아해 콘택트렌즈를 낀다고 했습니다. 내 눈에 하늘이 있는 거 같지 않니? 전 바다가 보인다고 말했습니다. 아니 난 하늘을 원해. 그래서 이곳저곳 떠돌아다니는 거야. 이 세상 모든 하늘을 두 눈에 담기 위해서 말이야.

다섯 병째 맥주를 비우며 J는 거실 벽에 걸린 액자를 한참 동안 응시합니다. 삼 년 전에 저기 간 적이 있어. 그런데 신기하지, 저곳 하늘은 기억이 나지 않아. 그저 눈을 뜨지 못하게 만들던 강렬한 햇빛밖에는 떠오르지 않거든. J는 바위 근처에서 하룻밤을 보낸 날, 사막에서 나고 자란 가이드에게서 들었다는 얘기를 들려줍니다.

거대한 바위를 중심으로 세우고 자연과 인간이 평형을 유지하던 사막의 땅에 오래전 옛날, 이름을 알 수 없는 한 부족이 살고 있었다고 합니다. 부족은 넓은 사막 땅의 중심, 가장 살아가기 힘든 바위 곁에 터를 잡았습니다. 그들은 하루에 두 번, 해가 뜨고 지는 바위를 바라보며 척박한 환경에 적응하며 살았습니다. 낮이면 살을 태우는 햇빛과 싸워야 했고, 밤이면 굶주린 야생동물이나 뼈를 깎는 추위와 싸워야 했습니다. 부족에게는 한 가지 중요한 풍습이 있었는데, 새 생명이 태어나면 어미에게 아기를 보여주기도 전에 아기를 사막의 바위로 데려가는 것이었습니다. 그러곤 아기만 바위 곁에 놓아두고 나머지 부족민들은 움막으로 돌아갔습니다. 아기는 세상에 태어났다는 지각조차 없이 바위가 어미인 양 붙어 더위와 추위, 어둠과 살의, 배고픔에 맞서 싸워야 했습니다.

그렇게 하루, 이틀 시간이 흘러갑니다. 그리고 사흘째 되는 날, 겨우 몸을 추스른 어미와 아비가 부족 사람들에게 이끌려 아기를 놓아둔 곳으로 갑니다. 대부분 아기는 이미 들개에게 물려가 흔적도 찾을 수 없거나, 더위와 목마름에 타들어 죽어갔거나, 추위를 견디지 못해 차갑게 식어 있었습니다. 하지만 모든 아기들의 생의 시작과 끝이 맞물렸던 것은 아니었습니다. 그들은 강한 부족이었으니까요. 운이 좋은 부모는 모든 시련을 이겨내고 힘없이 울고 있는 아기를 마치 신의 선물처럼 품에 안을 수 있었습니다. 살아남은 아기는 이제 부족의 일원으로 인정을 받고 세상에 태어나 처음으로 어미의 젖을 빨 수 있었습니다. 자라난 아기는 아무것도 기억하지 못하지만 그 느낌만은 오래된 상처처럼 온몸으로 새겼습니다. 어미 뱃속처럼 따스하게 숨을 터주던 빛의 포근한 품과 밤이면 나타나 젖을 물려주던, 두 눈만이 어둠 속에서 빛나던 들개의 비릿한 젖내를 말입니다.

5

J와 같이 살기 시작한 지 두 달쯤 지나 해변에 간 적이 있었습니다. 하늘색에 하얀 점이 박힌 비키니를 입은 J의 몸은 잘 단련된 운동선수의 몸처럼 군살 하나 없이 구릿빛을 띠고 있었습니다. 수영을 하지 않는 저를 두고 J는 한동안 바다에서 돌아오지 않았습니다. 전 수건을 깐 모래사장에 누워 마음껏 햇빛을 즐겼습니다. 깜빡 잠이 들었을까요, 눈을 뜨니 햇살 속에 선 J가 저를 내려다보고 있었습니다. 한참을 그렇게 서 있었는지 몸에는 물기 하나 보이지 않았습니다. 햇살을 등진 J는 얼굴이 없는 검은 그림자 같았습니다. 제가 일어나 앉는 동안 이번엔 J가 옆으로 몸을 누입니다. 누워 있는 J를 돌아보다 전 처음으로 J의 문신을 봅니다. 배꼽 바로 위에 새겨진 검은색 형체가 처음엔 수초라도 붙었나 싶었는데 자세히 보

니 어떤 문양이었습니다. 둥근 반원과 그 위에 그려진 십자가. 이건 무슨 의미가 있는 거니? J는 눈을 감은 채 조심스럽게 배꼽 주변을 문지릅니다. 이건 기억이야. 그리고 흔적이지.

J에게는 사랑하는 사람이 있었다고 합니다. 한 1년 정도 같이 살았어. 학생이었는데 우린 나름대로 맞는 점이 많았어. 처음 만난 날부터 같이 살기 시작했으니까. 아르바이트하던 패스트푸드점에서 매일 같은 햄버거를 주문하던 그에게 먼저 말을 건넨 건 나였어. 오늘 일찍 끝나는데 비치에 가지 않을래요, 라고. 조금 진부하긴 했지만 뭐랄까 촌스러움을 지닌 로맨스라고 할까. 일을 마치고 우린 두 시간 동안 버스를 타고 흰 모래가 펼쳐져 있는 해변으로 갔어. 그리고 돌아오는 길에 짐을 챙겨 그 사람 집으로 갔지. 그렇게 같이 살기 시작했어. 처음에 우린 그저 같이 밥을 먹고 비치에 가서 수영을 하고 소파에 나란히 앉아 풋볼을 보거나 했지. 그런데 시간이 흐를수록 그 사람을 사랑하고 있다는 생각이 드는 거야. 집을 떠난 후 오랫동안 느껴보지 못했던 편안하고 아늑한 기분이었어. 그 느낌 때문일까, 그와는 꽤 오랜 시간을 같이 살 수 있었던 것 같아. 그가 학교에 있는 동안이면 난 아르바이트를 하고 집에 돌아와 그를 위해 저녁을 준비

했지. 1년 동안 난 아무 곳에도 가지 않았어. 그곳의 하늘은 이미 눈 속에 깊이 박혀 새로운 건 찾을 수 없었지만 말이야. 내가 아닌 것 같은 시간이었거든. 우린 주말이면 언제나 바다에 갔어. 그는 낚시를 하고 난 수영을 하거나 해변에 누워 그를 담은 하늘을 오랫동안 바라보곤 했지. 상상이 가니. 우린 그때 아무것도 필요한 게 없었어. 다른 평범한 연인들처럼 말이야.

그와 살기 시작한 지 1년이 조금 지나서였어. 두 달째 생리가 없어서 테스트기를 샀었지. 당연하게도 임신이었어. 난 그에게 사실을 얘기하지 않았어. 그가 안다면 어떻게 말하고 행동할지 너무나 잘 알고 있었으니까. 아이를 원했을 거고, 내가 그의 곁에 영원히 머물길 바랐을 거라는 걸 말이야. 난 그가 마지막 졸업시험을 보던 날 시내 병원에서 아이를 지웠어. 병원에서 나와 어둠이 가득한 거리를 바라보는데 '타투'라고 쓰인 작은 간판이 선명하게 보이는 거야. 끌리듯이 문을 열고 들어가 이 문신을 새겼지. 내 아이의 무덤을 말이야. 영원히 아이를 기억하기 위해 내 안에 아이를 묻은 거야……

J의 이야기가 아파서 저는 아무 말도 할 수가 없었습니다. 왜 아이를 낳지 않은 거냐고? 그를 사랑하지 않았느냐고? J는 빛을 잃어가는 저녁 무렵의 하늘같이 슬픈

목소리로 말합니다. 난 한곳에 정착할 수 없어. 세상의 모든 하늘을 내 눈에 담으려면 떠나야만 했거든. 아이는 내게 그걸 알려주고 떠난 거야. 이젠 그만 떠날 시간이 됐다고 말이야.

6

당신의 책상에 놓여 있던 당신 이름이 박힌 청첩장을 본 다음 날 회사에 가지 않았습니다. 종일 백화점이며 쇼핑몰을 걷고 또 걸었습니다. 그러다 눈에 보이는 바에 들어가 취하도록 술을 마셨습니다. 당신 집 앞을 지나는 버스에 앉아 다섯 번째 당신 방의 창문을 올려다본 후에야 전 엘리베이터에 올랐습니다. 아직 술기운이 남았을까요, 문을 열어주는 당신을 보니 다리가 휘청합니다. 술마셨니? 당신은 제 어깨를 감싸 안고 저를 소파에 앉혀줍니다. 냉장고에서 생수병을 꺼내 뚜껑을 돌려 땁니다. 당신이 내미는 물컵을 받아 테이블 위에 놓았습니다.

당신은 무슨 일이 있느냐고 묻지 않았습니다. 당신이 한마디만 물어준다면 모든 걸 다 얘기할 생각이었습니다. 당신을 사랑하고 있다고, 당신의 목소리와 당신의 냄새와 당신의 눈빛을 사랑한다고 말할 생각이었습니다. 당신과 함께 사막에 가고 싶다고. 하지만 끝내 당신은 아무것도 묻지 않았습니다. 오늘 자고 가도 될까요? 당신은 말없이 붙박이장을 열어 티셔츠와 반바지를 꺼내줍니다. 욕실에 일회용 칫솔 있어. 씻고 갈아입어.

한 여자와 함께 산 적이 있었어. 영국에서 대학을 다니던 시절이었지. 연수부터 시작해 6년을 끊임없이 쉬지 않고 살았었던 것 같아. 말이 통하지 않으니 모든 게 힘들었지. 처음엔 햄버거 하나 사는 일에도 진이 빠졌으니까. 그곳에선 햄버거 하나에도 너무 많은 요구가 있어. 양파를 넣겠느냐, 치즈를 원하느냐, 소스는 겨자와 바비큐, 칠리, 케첩, 무엇을 넣겠느냐, 피클과 생오이 중 무엇을 원하느냐. 모든 절차와 순서들이 귀찮아지기 시작했지. 그때부터일 거야, 라면을 좋아하게 된 건. 한국 슈퍼를 찾아다니며 라면을 박스로 사두고 먹기 시작했어. 먹는 것부터 해결해야겠다는 생각이 들었으니까. 그렇게 5년을 지냈어. 어느 정도 그곳 생활에 익숙해졌다고 생각하면서도 가끔 지독한 무력감에 시달리고는 했어. 그때 그녀를 만났어. 그녀를 처음 보는 순간 자유롭다는 생각을 했던 것 같아. 어디에도 구속되지 않고 어떤 틀에도 갇히지 않을 날개를 가진 여자였지. 그녀의 파란 눈동자를 보고 있으면 나 또한 그녀 속으로 날아갈 수 있을 것만 같았거든. 한동안 같이 살았어. 모든 게 잘돼가고 있다고 생각했는데, 계획대로 학교를 졸업하고 그녀와 결혼을 하고 그곳에 정착해 살고 싶다고 간절히 원했었지……. 그런데 내 생각이 너무 앞서가고 있다는 걸 알게 됐어. 어느 날인가 그녀의 가방이 보이지 않았어. 같이 사는 동안 언제나 그곳에 있던 가방이 보이지 않았지. 그녀가 떠났다는 사실을 깨닫는 데 오래 걸리지는 않았어. 그녀는 날아간 거야. 잠시 접어두었던 날개를 펴고 자유로워지기 위해 떠난 거지.

잠시 숨을 고른 당신은 창문으로 스머드는 이른 아침의 햇살을 바라봤습니다.

하지만 난 지금도 이해할 수 없는 게 있어. 왜 하필 그때여야 했는지, 그녀는 너무 행복해 보였고 우리 사이엔 어떤 나쁜 일도 끼어들 틈이 없었는데 왜 그녀는 그때, 행복의 절정에서 날 떠나버린 걸까.

지금 제가 누워 있는 침대 커버가 그녀와 함께 쓰던 것이냐고 묻고 싶었지만 묻지 않았습니다. 당신이 버리지 못한 게 그녀에 대한 마음인지 침대 커버인지에 대해서도 묻지 않았습니다. 그녀가 누구인지 어떤 사람인지도 궁금해하지 않았습니다. 조용히 일어서 옷을 갈아입고 테이블 위에 놓여 있던 물컵을 싱크대로 가져가 씻은 후 돌아보지 않고 문을 열고 나왔습니다.

회사를 그만두었다는 말에 당신은 제 눈을 오랫동안 들여다봅니다. 나 때문이니? 약간 굵은, 크지도 작지도 않은 목소리. 아니요, 그냥 좀 쉬고 싶어서요. 담배에 불을 붙이며 당신은 힘들게 말을 이어갑니다. 내가, 너와 결혼하길 바라니? 천하지 않은 말투. 네, 그러길 바라요, 아니 당신을 만난 이후로 쭉 그렇게 생각해왔어요. 당신이 내가 아닌 다른 사람과 결혼할 거라는 걸 생각해보지 않았어요, 이건 제 마음이 내는 소리입니다. 너는 나를 사랑하고 있었던 거니? 적절한 어휘들. 전 잠시 이곳을 떠나 있을 것 같아요. 떠나는 날이 결혼식 전이라 결혼식엔 갈 수 없을 것 같아요. 신부를 꼭 보고 싶었는데, 죄송해요. 난 다시 사랑을 하기엔 텅 비어버린걸……. 웃음이 사라진 당신의 얼굴은 제가 아는 그 얼굴이 아닙니다. 갑작스러운 이질감에 길 잃은 아이처럼 초조하고 불안해집니다. 카페엔 빛이 느껴지지 않습니다. 빛이 필요해, 전 조용히 일어서 거리로 나옵니다. 하지만 그곳은 이미

달이 지배하는 시간. 햇빛을 쐬려면 아직 더 많은 시간을
기다려야 한다는 사실에 절망합니다.

7

J가 여행을 떠나던 날 J를 배웅하러 시내로 갔습니다. 터미널로 가는 버스를 기다리며 J가 말했습니다. 이번엔 과일잼을 만드는 농장에서 일하게 됐어. 할아버지 한 분과 말 못 하는 아들이 살고 있는데 크진 않지만 늘 일손이 부족해서 어렵지 않게 머물 수 있어. 2주 정도 머물 예정인데 농장에선 원하는 만큼 있어도 된다고 하더라. 신호등에 멈춘 버스가 보였습니다. 그날 전에는 돌아올게. 약속해. 혼자 있기에는 무서울 테니 말이야. J는 버스를 타기 위해 사람들이 서 있는 줄 뒤로 섰습니다. 괜찮다면 아기 이름을 생각해봐도 될까? 근사하게 지을 자신이 있거든. 이름은 필요 없을 거라고, 아기는 빛으로 돌아갈 거라는 말은 하지 않았습니다. 버스 안에 자리를 잡은 J가 손을 흔들었습니다. 햇살에 반짝이는 눈은 하늘보

다 파랗습니다.

　버스가 떠난 후 전 걸어서 집에 가기로 했습니다. 빨리 걸을 수 없어 시간이 오래 걸릴지도 모르지만 오랜만에 얼굴을 내민 태양이 제 발을 거리로 이끕니다. 평소에 가 보지 않은 길을 택해 걷습니다. 낯선 간판들이 지나가고, 담장이 없는 크고 작은 정원이 딸린 집들을 지나갑니다. 길게 난 산책로를 걷다 보니 문득 기찻길이 펼쳐집니다. 건널 땐 양옆을 주의하시오, 라는 경고문대로 좌우를 살피며 조심스럽게 네 개의 선이 이어진 철길을 건너갑니다. 세 개의 철로를 지나고 네 번째 철로에 섰을 때 저는 그만 그곳에 멈춰 섭니다. 언젠가 한 번쯤은 철길 위에 서보고 싶다는 생각을 했었습니다. 잠시 건너가는 게 아니라 오랫동안 그 길에 서서 기차가 오는 모습을 지켜보고 싶었습니다. 그러다 피할 수 없을 때까지 기차가 다가오면 영화에서 그러듯 훌쩍 기차를 피해보고 싶었습니다. 우연히 기관사와 눈이 마주치더라도 절대 당황한 표정을 지어서는 안 됩니다. 억지로 웃을 필요는 없지만 두려워하고 있다는 걸 눈치채게 해서는 안 됩니다.

　네 개의 철로는 끝없이 양쪽으로 이어져 있습니다. 햇빛에 달구어진 쇳조각들이 발밑에서 뜨거운 온기를 만듭니다. 발밑으로 점점 강하게 흔들리는 쇳덩이의 진동을 느낄 수 있습니다. 뒤를 돌아보니 회색 전차가 빠르게 달려오고 있습니다. 위험을 알리는 종소리가 요란하게 울리고 건널목 신호등이 붉게 점화됩니다. 한순간 전차가 일으킨 바람이 사정없이 얼굴을 치고 사라집니다. 조금 전 건너온 두 번째 철길로 사라져간 전차 안 누군가와 눈이 마주칩니다.

8

너무 오래 밖에 앉아 있었던 것 같습니다. 날씨가 아직 차가워 집 안으로 들어가야겠습니다. 내일은 오랜만에 바쁜 하루가 될 것 같습니다. 마지막으로 병원에도 들러야 하고 최대한 가볍게 짐도 싸야 합니다. 이제 곧 여행에서 돌아올 J를 위해 집안 정리를 하고, 제가 없는 빈집에 당황하지 않도록 편지도 남겨야 합니다.

조금 이른 저녁을 준비합니다. 몸이 무거워 간단하게 라면을 끓이기로 합니다. 이곳에 와선 한 번도 라면을 먹어본 적이 없습니다. 하지만 J가 사놓은 라면이 싱크대 서랍 안에 있다는 것은 알고 있습니다. 냄비에 물을 붓습니다. 서랍을 열어 라면을 꺼냅니다. 당신이 그랬듯 두 개의 라면 봉지를 뜯고 있는 저를 봅니다. 순간 걷잡을 수 없는 격렬한 통증이 가슴 밑바닥으로부터 온몸을 치고 오릅니다. 냉장고 문에 기대도 다리에 힘이 빠져 서 있을 수가 없습니다. 부엌 바닥에 주저앉습니다. 눈물이 흘러내려 원피스 위로 점점이 얼룩을 만들어냅니다. 얼굴을 팔에 묻고 이제 막 눈을 뜬 아기처럼 한참을 큰 소리로 울어버리고 맙니다.

　예정된 날이 다가옵니다. 긴 여행이 될 것 같아 이렇게 편지를 드립니다. 이 몸으로 비행기를 탈 수 있을지 모르겠습니다. 같은 나라 안인데도 너무 멀어 비행기를 타야만 합니다. 차를 타고 갈까도 생각했지만 삼일이 걸리는 긴 시간 동안 뱃속 아기가 견뎌내줄지 걱정이 되어 비행기표를 끊었습니다. 문제가 생길지도 모르니 최대한 배를 가릴 수 있는 옷을 입으려고 합니다.

　그곳의 빛은 정말로 제가 기다리던 빛이 아닐지 궁금해집니다. 그곳에 가면, 커다란 바위가 있는 사막에 가면 제 몸속 줄기줄기 뻗어 있는 혈관들까지도 빛 속에 녹아내려가고 제 안의 커다란 돌도 녹아내려 큰 바위 속으로 사라지겠죠. 그러고 나면 새처럼 가벼워진 몸으로 희고 둥글지만 백열등과는 다른 온기가 느껴지는 빛 속으로 춤을 추듯 날아가 잠들 수 있을 것 같습니다. 아기가 얼마나 오랫동안 그곳에서 버텨줄지 알 수 없습니다. 옛날에 그랬듯이 빛과 들개들이 아기를 지켜줄 거라 믿습니다. 조용하고 편안한 잠에서 깨어나면 길고 먼지 나는 길을 걸어 '타투'라고 쓰인 문을 열고 들어가 제 배꼽 위에도 둥근 반원과 십자가를 새겨야겠습니다.

너의 날개는
그날 바람에 스쳐 가듯
흔들리고

성훈의 전화를 받은 저녁, 세영은 혼자 '버즈'에서 칵테일을 마셨다. 바텐더 K는 빈 잔만 뚫어지게 쳐다보는 세영을 눈치껏 내버려두었다. 세영은 네 번째 잔을 비웠다. 세영의 머릿속에선 재즈 드럼 박자에 맞춰 성훈이 던진 말들이 반복되고 있었다.

　제발, 이제 그만하자. 네가 왜 이러는지 모르겠어. 헤어지자고 하면 좋아할 줄 알았다고. 이렇게 나올 줄은 상상도 못 했어. 금요일에 법원에서 만나. 제발 부탁이야. 우리 깨끗하게 끝내자.

　미세한 알코올 입자들이 혈관 속으로 파고들수록 성훈의 목소리는 지루하게 반복됐다. 그래? 당신이 원하는 게 그거라면 원하는 대로 해줄게. 세영은 바텐더 K가 불러준 택시를 타고 집으로 돌아왔다.

세영은 번호 키를 몇 번이나 잘못 누르고 나서야 현관 문을 열었다. 옅은 주홍빛 전등이 켜지고 성훈의 구두 한 켤레가 어둠 속에 떠올랐다. 성훈이 집을 나간 후 그가 남긴 빈 공간은 그들이 몇 년간 함께했던 삶의 흔적들을 블랙홀처럼 빨아들이고 있었다.

세영은 냉장고를 열고 작은 생수를 꺼냈다. 택시를 타고 오는 내내 심한 갈증이 느껴졌다. 빈 생수병을 아무렇게나 던져버리고 세영은 욕실로 향했다. 물을 틀고 입고 있던 옷을 하나씩 벗었다. 속옷까지 차례로 벗어던지고 나서 물이 반쯤 차오른 욕조에 몸을 담갔다. 물이 목까지 차올랐다. 세영은 눈을 감고 고개를 한껏 뒤로 젖혔다. 욕실 벽에 기대 뜨겁게 데워지는 몸의 열기를 느꼈다. 살점 하나하나까지 뜨겁게 익어가는 느낌. 천장에 매달린 물방울이 세영의 얼굴 위로 떨어졌지만 세영은 미동도 하지 않았다.

얼마나 시간이 흘렀을까. 세영은 거실에서 무언가, 아주 미세하게 움직이는 소리를 들었다. 소리는 잠시 간격을 두고 이어지다 멈췄다. 세영은 조금 전 집에 들어오면서 문을 잠갔는지 기억하려 애썼다. 세영은 천천히 일어서 벽에 걸린 목욕 가운을 걸쳤다. 욕실 문을 열면서 혹시 성훈이? 하는 생각이 빠르게 스치고 사라졌다.

세영은 서늘한 찬기를 느끼며 거실로 향했다. 반쯤 열린 욕실에서 새어 나오는 불빛에 실내의 흐릿한 윤곽이 드러났다. 등을 켜려고 벽을 짚으려는데 검은 형체가 눈에 들어왔다. 세영은 온몸의 털이 곤두서는 듯했다. 잠시 후 어둠이 익숙해지고 검은 형체가 흐릿하나마 눈에 들어왔다. 누구냐고 물어야 하는데, 소리쳐야 하는데 세영의 눈에선 알 수 없는 눈물이 먼저 흘러내렸다.

그는, 우진이었다.

우진은 거실 탁자 옆, 베란다 창 앞에 서 있었다. 거의 십 년 만에 보는 얼굴이었지만 세영에겐 조금도 낯설지 않았다. 우진은 하나도 달라지지 않았다. 그날, 놀이터에서 본 모습 그대로, 세영의 앞에 서 있었다. 세영은 젖은 머리칼에서 흘러내린 물방울들이 바닥에 작은 웅덩이를 만드는 것도 모른 채, 우진을 바라보았다.

***

고등학생 시절, 세영과 우진은 한동네에 살았다. 그들은 서로 마주 보는 집에 살았다. 그들이 살았던 거리엔 양쪽으로 상가 건물이 늘어서 있었다. 건물의 1, 2층에는 상점이, 위층으로는 살림집이 있었다. 세영과 우진도 마주 보는 건물의 4층과 3층에 살았다. 세영은 고등학교 1학년 때 그 집으로 이사했다.

세영의 방엔 거리를 향해 난 창이 있었다. 그곳에서 내려다보면 거리가 한눈에 들어왔다. 세영은 하루에도 몇 번씩 그 거리를 내려다보는 일을 멈추지 않았다. 가끔 새벽까지 창틀에 배를 걸치고 아래를 내려다보곤 했다. 여기서 떨어지면 죽을 수도 있겠다는 생각에 배꼽 근처가 찌릿했다.

창을 통해 세영은 거리의 많은 것을 내려다보았다. 창을 통해 날이 밝는 것을 알았고 창을 통해 사람들이 살아가는 모습을 보았다. 그리고 창은 세영에게 우진의 존재를 알려주었다.

이사한 지 한 달이 지났을 무렵, 창밖에 대한 세영의 호기심은 감당할 수 없을 정도로 커졌다. 거리를 지나가는 사람 누구도 고개를 들어 세영을 올려다보지 않았고, 누군가 자신들을 내려다보고 있다는 것도 깨닫지 못했다. 세영은 스스로를 거리의 관찰자라고 생각했다.

어느 날, 평소처럼 거리를 내려다보던 세영은 우연히 눈을 들어 4층 아래가 아닌 바로 앞 건물 3층 창을 건너다보았다. 그리고 그 창문 앞에 서서 세영을 올려다보고 있는 또 다른 관찰자와 눈이 마주쳤다. 두 건물의 사이가 그리 가깝지 않았지만 세영은 또렷이 남자아이의 눈을 볼 수 있었다. 그 눈동자는 정확히 세영을 향하고 있었다. 세영은 서둘러 커튼을 치고 창 옆 책상에 주저앉았다. 가슴이 심하게 쿵쾅거렸다. 앞집의 닫힌 창문을 본 적은 있었지만 사람이 살고 있을 거라고는 생각하지 못했다. 한 시간쯤 후 세영은 조심히 커튼을 젖히고 앞집 창을 건너다봤지만 창은 이미 굳게 닫힌 후였다.

1학기 기말시험을 앞둔 날이었다. 세영은 새벽 늦게까지 공부를 하고 있었다. 여름밤이었다. 창문은 열려 있었고 방충망 사이로 축축한 바람이 불어오고 있었다. 책상 앞에 앉아 있으면 창밖이 훤히 보였다. 앞 건물은 세영이 사는 건물과 달리 3층이었기 때문에 책상에 앉아 있으면 창 너머는 그저 캄캄한 어둠뿐이었다. 그런데 그날 새벽, 세영은 조그마한 불빛 하나가 어둠 속에 떠 있는 것을 보았다. 작고 희미한 불빛이 일이 분쯤 지나자 거짓말처럼 사라져버렸다. 다음 날, 그다음 날도 불빛은 잠시 나타났다가 사라졌다. 나흘째 되는 날엔 불빛이 신경 쓰여 책에 집중할 수 없었다. 어둠 저편에서, 그 불빛 너머에서 집요한 시선이 느껴졌다. 세영은 그날 저녁 미리 방으로 가져다 둔 손전등을 꺼내 불빛이 나타나기를 기다렸다.

새벽 2시. 드디어 불빛이 희미하게 모습을 드러냈고 세영은 손전등을 켜고 불빛이 보이는 곳을 비춰보았다. 세영은 눈을 부릅뜨고 불빛이 보이는 곳을 노려보았다. 세영은 소스라치게 놀라 손전등을 창밖으로 떨어뜨리고 말았다. 그곳에 누군가 있었다. 누군가 불빛이 있는 곳에 서서 세영을 지켜보고 있었다. 세영은 놀라 창을 닫고 이불 속으로 뛰어들었다.

다음 날, 세영이 학교에서 집으로 돌아오는 길이었다. 집 근처 버스 정류장에 내려 사거리 신호등 앞에 서 있는데 누군가 뒤에서 어깨를 두드렸다. 세영은 무심히 뒤를 돌아봤다. 그곳에, 우진이 서 있었다.

*　*　*

두 달 전, 성훈은 세영에게 희주에 대해 고백했다. 희주는 세영과 성훈이 다닌 과의 세 학번 후배였다. 군대에 다녀와 복학한 성훈은 희주와 함께 수업을 들었다. 졸업식 때 마주쳤을 희주의 얼굴조차 세영은 기억하지 못했다. 성훈의 고백을 듣기 전까지 희주는 이름조차 생소한 그저 같은 과 후배였을 뿐이었다. 그날 성훈은 와인잔이 놓인 식탁에 앉아 세영의 눈을 바로 보지 못한 채 담담하게 얘기했다.

처음엔 그냥 아는 후배고 동생이었어. 석 달 전쯤 동기들 만나는 자리에서 다시 만났어. 희주는 마케팅 일을 하고 있었고 그냥 얘기가 잘 통했어. 그 후 일 때문에 몇 번 만났어. 마침 우리 회사에서 새로운 아이템을 구상하는 중이었고 그게 희주가 일하던 회사하고도 연관이 됐지. 몇 번 자리를 같이하면서 예전에는 몰랐던 희주의 좋은 점들이 보이기 시작했어. 희주도 그랬는지 함께 극장을 갔고 밥을 먹고 술을 마셨어. 그리고 여행도 갔어. 적어도 그 앤 내 곁에 있으면서 다른 사람을 보고 있지는 않으니까.

처음에 세영은 성훈이 무슨 말을 하는지 이해할 수 없었다. 성훈은 지치지 않고 했던 말을 두 번, 세 번 반복했다. 세영은 아무 말도 하고 싶지 않았다. 식탁 위에 놓인 와인잔을 들어 남은 와인을 들이켰다. 자리에서 일어나 침실로 들어와 잠을 청했다. 침실로 따라 들어온 성훈이 세영을 일으켰다.

난 지금 진지하다고. 너는 어떻게 이런 순간까지 이럴 수가 있는 거야?

성훈의 눈이 젖어 있었다.

그래서, 당신이 원하는 게 뭔데?

세영이 물었다. 성훈의 눈에 담긴 것이 원망인지 슬픔인지 알 수 없다고 세영은 생각했다.

우리 헤어져. 이젠 널 사랑하지 않는 것 같아. 아무 말도 하지 않는 너의 무심한 눈이 정말 견딜 수 없다고!

다음 날, 일어나 보니 성훈은 짐을 챙겨 집을 나간 후였다. 세영은 성훈에게 메시지를 보냈고, 성훈은 당신이 결정을 내릴 때까지 집으로 돌아가지 않겠다고 했다. 곧 이혼 서류를 보낼 테니 도장을 찍는 대로 연락하라는 말도 덧붙였다. 3일 후 성훈이 보낸 등기우편이 도착했고 세영은 봉투를 열어보지도 않은 채 돌려보냈다. 그 후로 두 달 동안 성훈은 매일 세영에게 이혼을 요구하는 문자를 보냈다. 때로는 집에서, 때로는 회사에서, 때로는 차 안에서, 세영은 성훈의 문자를 받았다. 세영은 어디서든 울리는 알림 소리에 진저리가 쳐졌다. 그리고 불과 몇 시간 전 성훈의 전화를 받았고, 클럽 '버즈'에 들렀었다.

***

며칠 동안 새벽이면 나타나던 불빛의 정체는 우진이 피우던 담뱃불이었다. 우진의 집 옥상이 세영의 4층 방 높이와 같았던 것이다. 우진은 세영이 이사를 오기 전부터 새벽이면 옥상에 올라가 담배를 피웠다. 그러던 어느 새벽, 활짝 열린 맞은편 창문으로 책상에 앉아 있는 세영을 보았다.

일부러 그런 건 아니야. 훔쳐볼 생각은 없었어. 그냥 네가 보였을 뿐이야. 창 안에 그냥, 네가.

우진은 신호등 앞에 선 세영에게 놀라게 해서 미안하다며 정체불명의 불빛에 대해 얘기했다. 세영은 실없이 웃음이 나오는 걸 참을 수 없었다.

난 아무것도 못 봤어. 정말이야. 그냥 네가 책상에 앉아 있는 모습만 봤어. 제발 이상한 사람이라고 생각하진 말아줘.

세영은 우진이 너무 심각한 얼굴을 하고 있었기 때문에 더 이상 그 일에 대해 추궁하지 않겠다고 했다. 대신 교복을 입은 우진에게 학생이 담배를 피우는 일은 좋지 않다며 두 번 다시는 옥상에 올라와 담배를 피우지 말라고 했다. 말을 하고 나니, 마치 자신이 우진의 엄마나 여자친구가 된 기분이었다.

우진은 세영과 같은 고등학교 1학년이었다. 우진은 동

네에서 좀 떨어진 공업고등학교에 다녔다. 그곳은 당시 온갖 문제아들만 모여 있는 형편없는 학교로 유명한 곳이었다. 세영은 처음 그 사실을 알고 조금 실망했지만, 무엇이 실망스러운 건지는 알 수 없었다. 우진의 오른 손목에는 길게 흉터가 있었다. 세영은 우진이 조금 두렵기도 했다. 마치 창틀에 기대 아래를 내려다볼 때처럼 아득한 기분이 들곤 했다. 하지만 세영은 건널목에서 우진을 두 번째로 만난 날 우진에게 자신의 전화번호를 알려주었고 둘은 가끔 새벽에 통화를 하거나 근처 놀이터에서 만나 얘기를 나누고는 했다.

우진은 아버지가 없었다. 우진의 어머니는 그 거리의 끝, 건물 지하에 있는 주점 주인이었다. 우진은 어머니를 좋아하지 않았다. 우진은 늘 엄마를 어머니라고 불렀다. 우진은 어머니 얘기를 할 때면 손목의 흉터를 만지작거리는 버릇이 있었다.

둘은 놀이터에서 나와 함께 골목길을 걷다가도 일단 거리에 들어서면 세영이 먼저 우진을 멀찍이 두고 걷기 시작했다. 세영의 부모가 하는 식당이 거리에 있었고 좁은 거리에서는 모든 가게 사람들이 동업자이고 이웃이자 감시자였기 때문이다. 세영은 몰랐지만, 우진은 세영이 그에게서 떨어져 걷기 시작하면 언제나 걸음을 늦추며 슬픈 표정을 지었다.

우진은 오토바이를 좋아했다. 세영에게 전화기에 저장된 화려한 오토바이 사진을 보여주기도 했지만 세영은 흥미를 느낄 수 없었다. 우진은 오토바이를 사기 위해 호프집에서 아르바이트를 시작했다. 세영은 왜 그런 곳에서 아르바이트를 하냐며 괜한 트집을 잡았다. 그 후로 우진은 아르바이트에 대해선 한마디도 꺼내지 않았다. 대신 호프집 일을 그만두고 근처 학원에서 전단지 돌리는 일을 시작했다.

여고에 다니던 세영은 2학년이 되면서부터 야간 자율학습을 시작했다. 학교가 끝나고 집에 오면 11시 무렵이었고 씻고 나면 바로 곯아떨어졌다. 창밖을 내다보는 횟수도 점점 줄어들었다. 가끔 버스 정류장에서 우진과 마주치기도 했지만 세영의 학교와는 반대 방향이었던 우진은 건너편 정류장에 서서 말없이 세영이 버스를 타고 사라질 때까지 바라볼 뿐이었다. 그들은 다른 길을 걷고 있었다.

고3이 되는 겨울 방학에, 우진과 세영은 오랜만에 놀이터에서 만났다. 그사이 우진은 조금 야위었다.

공부하느라 힘들지? 요새 방학인데도 매일 학교 나가는 것 같던데.

우진의 입에서 흐린 입김이 나와 허공으로 사라졌다.

응, 우리 학교는 방학도 없어. 일주일 쉬고 바로 보충 시작했어. 이제 정말 고3이다 싶어. 정말 세상 살기 힘들다. 넌 좋겠다. 보충도 안 하고 대학도 안 가도 되고, 뭐든 하고 싶은 거 해도 되잖아.

말을 하고 나서 세영은 아차 싶었다. 왠지 우진을 무시하는 말인 것 같았다. 세영은 조심히 우진의 반응을 살폈다. 다행히 우진이 웃었다.

그렇지 뭐. 나야 방학이면 신나게 늦잠도 자고. 너 공부 열심히 해서 꼭 대학 가라. 대학생 친구 하나 두게.

그때 우진의 웃음이 그렇게 쓸쓸했던 이유를 세영은 시간이 한참 지난 후에야 알 수 있었다.

겨울 방학 보충이 한창이던 어느 날, 세영은 다시 우진에게 상처를 주고 말았다. 그동안 아르바이트로 모은 돈으로 우진은 결국 원하던 오토바이를 샀다. 오토바이를 산 다음 날 우진은 세영이 다니던 학교 앞으로 찾아왔다. 세영은 지금도 뚜렷이 기억하고 있다. 우진의 크고 깊은 눈, 단정하게 다문 입술. 남자답지 않은 하얀 피부 때문에 언제나 세영에게서 계집애 같다는 소리를 듣던 얼굴. 여학생들은 그 낯선 이방인을 그냥 지나치지 못했고, 지나치고 나서도 몇 번이나 뒤를 돌아보았다. 세영은 교문을 향해 내려가는 언덕길 위에서부터 우진을 알아봤지만 우진을 어떻게 대해야 할지 알 수 없었다. 학생회장이었던 세영은 우진을 무시하기로 했다. 같이 걷던 친구 옆으로 바싹 붙었고 마치 친구 얼굴에 뭔가 묻어 있기라도 한 듯이 뚫어지게 응시하며 교문을 지나쳤다. 우진을 지나쳐 갈 때 세영아, 라는 작은 소리가 들렸지만 끝내 눈길 한번 주지 않고 우진에게서 멀어졌다.

그날 새벽, 세영은 누군가 싸우는 소리에 잠에서 깼다. 시계는 4시를 가리키고 있었다. 술 취한 사람들이 가끔씩 싸움을 벌이는 걸 알던 세영은 다시 잠들기 위해 노력했다. 하지만 이번 싸움은 쉽게 끝나지 않았고 거친 목소리가 점점 더 커졌다. 세영은 창문을 열고 아래를 내려다봤다.

가로등 밑으로 남자들의 모습이 보였다. 양복을 입고 서 있는 남자들 중 한 명이 팔을 다쳤는지 괴로운 듯 팔을 부여잡고 신음 소리를 내고 있었다. 길바닥엔 누군가 쓰러져 있었다.

야, 이 새끼야. 어린놈이 술을 처먹었으면 곱게 처먹을 일이지 어디서 시비야, 시비는! 내 이 새끼를 오늘 죽여버리고 만다.

덩치 큰 남자가 쓰러진 남자를 발로 걷어차고는 근처

쓰레기 더미로 가 나무 막대를 주워 들고 다시 쓰러진 남자 쪽으로 걸어갔다. 그러고는 사정없이 막대를 휘둘렀고 쓰러져 있던 남자는 비명을 지르며 몸을 뒤틀었다. 세영은 손으로 입을 가린 채 비명을 참아야 했다. 시끄러운 소리에 잠이 깬 사람들이 창문을 열고 내다보기 시작했고, 곧이어 사이렌 소리가 들려왔다. 소리를 들은 양복 입은 남자들은 아직도 모자랐는지 몇 번인가 더 발길질을 하고는 어둠 속으로 사라졌다. 그제야 바닥에 쓰러져 있던 남자의 얼굴이 가로등 불빛 속으로 떠올랐다. 피를 흘리고 있었지만, 세영은 단번에 알아볼 수 있었다. 그건 잠든 것처럼 고요한 우진의 얼굴이었다.

경찰차가 도착했고 구급차가 우진을 싣고 떠났다. 세영은 다시 잠들지 못했다. 다음 날 학교에 가기 위해 아침 일찍 건물을 빠져나와 간밤에 우진이 쓰러져 있던 가로등 아래로 가보았다. 아직 채 마르지 않은 피가 아스팔트 위에 검게 얼룩져 있었다.

그 후 세영은 한동안 우진을 보지 못했다. 문자나 전화에도 답이 없었다. 전해 들은 얘기로는 앞집 아들이 깡패들에게 맞아 머리를 꿰매고 갈비뼈와 팔이 부러졌다고 했다. 한 달 후 거리에서 다시 우진을 보았을 때 우진은 팔엔 깁스를 하고 머리를 짧게 깎은 모습이었다. 우진은 세영의 연락에 답을 하지 않았다.

세영은 새벽이면 멀리서부터 가까워지는 오토바이 소리를 들을 수 있었다. 격렬한 엔진 소리는 늘 세영의 창 아래에서 멈췄고 다시 어디론가 아득히 멀어져 갔다. 수험생활은 빈틈이 없었고, 우진 역시 세영의 일상에서 아득히 멀어져갔다.

수능 시험 하루 전, 우진은 세영에게 전화를 걸어 놀이터 앞에서 만날 수 있는지 물었다. 세영은 마지막 정리를 하느라 선뜻 마음이 내키지 않았다. 하지만 왠지 우진의 목소리가 너무도 슬프게 느껴져 알겠다고 대답했다.

세영과 우진은 놀이터 그네에 나란히 앉았다.

내일 시험이지? 많이 긴장될 텐데 불러내서 미안해. 전해줄 게 있어서.

우진이 내민 건 빨간 상자 안에 담긴 곰인형과 초콜릿이었다.

이거 먹고 내일 시험 잘 보라고. 너라면 꼭 좋은 대학 갈 수 있을 거야.

고마워. 생각도 못 했는데.

세영은 빨간 상자를 만지작거리다 그만 들어가야 한다며 그네에서 일어섰다. 차고 연약한 바람이 세영의 머리카락을 날렸다. 그때 우진이 망설인 듯 힘겹게 입을 열었다.

저, 세영아. 부탁이 있는데…… 너 내일 시험 끝나고 내 오토바이 타지 않을래? 널 꼭 한번 태워보고 싶은데. 멀리 가진 않을 거야. 오래 걸리지도 않을 거고. 그냥 근처 한강까지만 가보고 싶어. 내일 이 시간에 여기서 기다릴게. 부탁이야.

세영은 우진의 그 애절한 눈빛을 아직도 잊지 못한다. 하지만 그때 세영은 우진의 간절한 마음보다 당장 내일 치러야 할 수능 시험 생각뿐이었고, 서둘러 집으로 돌아갈 마음에 알았다고 하고는 돌아섰다.

다음 날, 세영은 시험에서 예상만큼 좋은 점수를 받았다. 집으로 돌아오자마자 우진과의 약속은 잊은 채 들뜬 마음으로 친구들과 심야 영화를 보러 갔다. 영화가 끝날 무렵, 이른 추위에 가는 눈이 흩날렸다. 그해 첫눈이었다. 세영은 뛰듯이 밤길을 걸어 집에 돌아왔고, 아무런 걱정 없이 긴 하루를 끝내는 깊은 잠에 빠졌다. 그 밤, 우진이 탄 오토바이는 빙판에 미끄러져 중앙선을 넘어 돌진한 트럭을 피하지 못했고, 다시는 세영의 창 앞에 서지 못했다.

세영은 오랫동안 그날 우진을 만나러 가지 않은 자신을 용서할 수 없었다. 장례식장에 가는 부모님의 뒷모습을 멀리서 지켜봤다. 그리고 다시는 창을 열지 못했다.

창을 열면 우진이 피를 흘린 채 쓰러져 있을 것만 같았고 옥상에 선 우진이 보일 것만 같았다. 세영은 열아홉의 지독한 열병을 앓았다. 힘겹게 대학 1학년을 마친 후, 먼 나라로 유학을 갔다. 그제야 창에서 벗어날 수 있었다.

***

거실에 서 있는 우진은 마지막으로 놀이터에서 보았던 모습 그대로였다. 옅은 갈색에 이마를 덮은 머리카락, 하얀 얼굴, 길고 앙상한 팔과 다리. 무엇 하나 달라지지 않았다. 그 집을 떠나기 전까지 숱하게 꿈속에 나타났던 피범벅은 아니었다. 널 다시 볼 수 있다니. 세영은 자신도 모르는 새 눈물을 흘렸다.

얼마나 시간이 흘렀을까. 세영은 거실 창에 비친 우진의 뒷모습을 보았다. 한없이 가볍고 위태로워 보이던 뒷모습. 우진의 야윈 등 가운데, 어깻죽지 근처로 하얗고 자그마한 무언가가 움직이고 있었다. 세영은 그 무언가를 뚫어지게 쳐다보았다.

그것은, 하얀 날개였다.

너무 작고 희미해서 알아챌 수도 없는 작은 날개. 여름 밤 창에서 보았던 작은 불빛만큼이나 위태로운 날갯짓. 그제야 세영은 우진이 웃고 있다는 걸 알아챘다. 세영은 다리에 힘이 빠져 그대로 주저앉고 말았다. 날개는 약한 바람에 흩날리듯 춤추고 있었다. 만약 그날, 세영이 우진의 오토바이를 탔다면, 세영의 머리카락이 저렇게 춤을 추듯 바람에 날렸을까.

우진이 다가와 세영의 눈물을 닦았다.

네 잘못이 아니야, 세영아. 그 누구의, 잘못도 아니야.

우진의 날개는 그날 바람처럼 스쳐 가듯 흔들리고 있었다.

성훈을 만나야 한다. 나는 이제 괜찮다고, 나는 이제 너를 사랑할 수 있다고. 나는 이제 네 안에서 다른 누군가를 찾지 않을 거라고. 세영은 입술을 꾹 다물었다. 내가 두려워했던 건 우진에 대한 죄책감이 아니었다. 다시 누군가를 잃게 될지 모른다는, 불안 때문이었다.

세영은 우진이 원하는 것이 무엇인지, 알 것 같았다. 성훈의 번호를 누르는 세영의 손이 가늘게 떨리고 있었다.

화분

"그만 만나자."

어젯밤 집에 온 현수는 거실을 지나 식탁에 앉자마자 빠르게 말했다. 마치 백 번쯤 같은 장면을 공연한 배우 같은 말투였다. 알로카가 현수의 정강이에 머리를 비비다 돌아섰다. 알로카를 지켜보느라 나는 현수가 무슨 말을 하는지 알아채지 못했다. 아니 못하는 척했다. 우리 사이엔 아무 일도 없었다. 적어도 내가 알기엔.

"무슨 말이야?"

"알잖아. 이제 헤어지자고. 이제 널 사랑하지 않아."

현수는 내 눈을 똑바로 바라보며 말했다. 눈동자에 흔들림이 없었다.

"왜 이렇게 갑자기 그런 말을 해?"

고개를 떨군 건 나였다.

"이별은 갑작스러운 거야. 그냥 더는 너한테 아무 감정이 생기지 않아. 짜증이 난다고. 이게 미안할 일인 줄은 모르겠다. 사랑이 의리도 아니고."

현수는 들어올 때처럼 빠르게 일어나 현관에 벗어둔 운동화를 신었다. 고개를 돌려 식탁 앞에 서 있는 나를 보며 말했다.

"이 화분들 좀 어떻게 해. 여긴 사람이 사는 집이지 식물원이 아니잖아."

현수의 목소리에선 질려버린 무언가를 떨쳐내려는 듯한 단호함이 느껴졌다. 나는 오랫동안 서 있었다. 심장 어딘가의 신경이 뭉텅이로 잘려 나간 기분이었다. 아빠도 그랬을까. 그래서 그런 병에 걸린 것일까.

천천히 생각을 되찾았다. 내일부터 3일 동안 휴가였다. 왜인지 모르겠지만, 이대로 절대, 집 밖으로 나가지 않겠다는 결심을 했다. 나는 식물의 일부가 될 것이다. 화분 속에 뿌리를 박은 다른 식물들처럼. 침을 삼킬 때마다 온몸이 떨릴 만큼 목에 통증이 느껴졌다. 냉장고를 여니 현수가 좋아하던 캔맥주가 보였다. 캔 뚜껑을 따고 벌컥 들이켰다. 목이 칼로 베인 듯 쓰렸다.

"찬 바람 쐬거나 차가운 거 드시면 절대 안 돼요."

의사의 말이 떠올랐다.

그날 밤새 잠을 설쳤다. 며칠째 숨 막히는 열대야가 계속되고 있다. 며칠 전 회의실에서 다섯 시간 넘게 에어컨 바람을 쐰 후 목에 심한 통증이 느껴졌다. 퇴근길에 병원에 들렀다. 다행히 독감은 아니었다. 의사는 인후염이라며 에어컨 바람을 피하라고 했다. 이런 더위에 에어컨 바람을 피하기란 쉽지 않았다. 그래서인지 약을 먹어도 목은 점점 더 부어올랐다. 결국 어젯밤엔 약하게 틀던 선풍기마저 끄고 침대에 누웠다. 예상은 했지만 끈끈한 열기에 밤새 뒤척였다. 설핏 잠들었다가 새벽에 눈을 뜨니 희미하지만 서늘한 기운이 느껴졌다. 예상치 못한 서늘함에 팔뚝 위로 작은 소름이 돋아났다. 하지만 찬 기운은 오전의 열기 속으로 빠르게 사라졌다. 이제 겨우 8월의 끄트머리일 뿐이었다.

　욕실로 들어가 미지근한 물로 샤워를 하고 꼼꼼하게 이를 닦았다. 무언가 남아 있는 듯 꺼림칙한 기분이 들어 여러 번 입안을 헹구어냈다. 침을 삼킬 때마다 목에서 느껴지는 통증은 더 심해졌다. 할 일이 사라진 금요일 오전, 현수는 돌아오지 않을 것이다.

　새로운 쇼핑몰 앱은 다음 주 오픈 예정이었다. 내 몫의 작업을 며칠 밤을 새우며 끝냈다. 여름휴가는 꿈도 꾸지 말라던 팀장이 약을 먹으며 밤을 새운 내게 오늘 하루 휴가를 주었다. 주말까지 3일은 쉴 수 있었다. 지난 며칠, 아니 프로젝트가 시작된 이후로 몸도 마음도 지쳐 버렸다. 현수와 어디에 갈까, 아니 아무것도 하지 않아도 괜찮았다. 같이 있을 수만 있으면 된다고 생각했다. 어젯밤 현수의 말을 듣기 전까진. 여전히 현실 같지 않았다. 우리는 정말 헤어진 걸까.

오늘은 단 한 걸음도 집 밖으로 나가지 않을 것이다. 침대에 누워 종일 유튜브에 올라오는 올여름 추천 영화를 볼 것이다. 현수에 관해서도 생각해봐야 한다. 현수는 연인에게 돌아간 것일까. 이제 와 새삼스레 결혼을 결심하기라도 한 걸까. 나에게 현수를 붙잡을 용기가 있는지, 이번 휴가는 온통 머릿속 현수에게 바쳐야 할지도 모르겠다.

소파에 기대 휴대전화를 들자 알로카가 슬며시 배 위로 올라온다. 기분이 좋은지 쉴 새 없이 그르렁거리며 팔등과 배에 머리를 비벼댄다. 2년 전 겨울, 퇴근길 아파트 지하 주차장에서 희미한 고양이 울음소리를 들었다. 한구석에 눈도 못 뜬 새끼 고양이가 울고 있었다. 온종일 영하에 머물던 날이었다. 자세히 보니 형제인지 나머지 세 마리는 핏덩이인 채로 딱딱하게 굳어 있었다. 어디에서도 어미의 흔적은 찾을 수 없었다. 가늘게 울음을 뱉어내는 새끼 고양이를 데려와 담요를 덮어주었다. 그리고 다시 주차장으로 내려가 나머지 죽은 고양이들을 신문지에 싸 1층으로 올라갔다. 분리수거함 옆 화단에 파인 얕은 구덩이에 신문지째 두고 딱딱한 주변 흙을 파내 얇게 덮었다. 그해 봄, 화단에는 야생화가 가득 피었다.

아버지가 요양원에 들어간 후 혼자 지낸 지 10년이 되어간다. 처음엔 이렇게 오랫동안 혼자 살게 될 줄 몰랐다. 오십 세에 알츠하이머 진단을 받은 아버지와 3년 정도 지내고 난 뒤였다. 그 3년 동안 아버지를 위해 무슨 일을 해야 할지 막막했다. 내가 태어난 후 집을 나간 엄마는 연락이 없었다. 요양원에 가기 전부터 아버지는 평소 성격답게 신중하고 차분하게 자신의 거처를 준비했다. 오래전 분양받은 30평 아파트를 매매해 나눈 돈 일부로 지금 내가 사는 작은 아파트를 매입했고, 나머지 돈은 자신이 머물 요양원 비용으로 남겨두었다. 아버지 고향 근처인 문경 산자락에 위치한 요양원은 인적이 드물고 숲에 둘러싸여 여름에도 서늘했다. 지금 집으로 짐을 옮기고 얼마 후, 아버지는 당연하다는 듯 요양원으로 떠났다.

아버지의 상태는 요양원에 들어가기 얼마 전부터 빠르게 나빠졌다. 가장 견딜 수 없었던 건 아버지가 나를 엄마라고 착각하는 순간이었다. 아버지는 내가 태어나기 전인, 엄마와 결혼한 지 얼마 되지 않은 시절로 돌아갔다. 처음엔 아버지가 놀라지 않도록 최대한 노력하며 상황을 벗어나고는 했지만, 어느 날인가 나를 안고 입을 맞추려 할 때는 나도 모르게 아버지를 밀어내며 소리를 지르고 말았다. 자신을 밀쳐내는 나를 보던 아버지의 슬픈 눈빛이 지워지지 않았다. 어린 시절, 아버지가 무릎에 앉은 나의 머리를 쓰다듬던 기억이 떠올랐다. 그래도 네 엄마가 너를 남겨두고 떠나서 얼마나 다행인지 모르겠다던 쓸쓸한 목소리. 아버지는 내게 최선을 다했지만, 엄마를 대신할 수는 없었다.

혼자 살기 시작한 지 얼마 후, 인터넷 쇼핑몰의 상품 페이지를 디자인하는 일을 시작했다. 그리고 영업부에 근무하던 현수를 만났다. 전체 회식을 했던 금요일 밤, 택시는 잡히지 않았고 현수가 잡은 택시에 같이 탔다. 그와 나란히 뒷좌석에 앉아 처음으로 얘기를 나누었다. 그는 내가 만드는 상품 페이지들이 마음에 든다고 했다. 내가 만든 화면을 보여주면 제품의 성능을 떠나, 제품 자체가 있어 보인다고, 덕분에 영업하는 그의 기분이 우쭐해진다고도 했다.

"솔직히, 우리 제품, 써봐서 알잖아요? 그냥 그런 거. 그래도 물건을 팔려면 일단 제품이 얼마나 좋은지 상대를 설득시켜야 하는데, 저번 디자이너는 엉망이었어요. 제품도 후진데 화면에 보이는 제품까지 후져 보이니, 영업하기 얼마나 힘들었는지 몰라요. 뭐든 눈에 보이는 게 전부인 세상에서."

현수는 동의를 구하듯 고개를 돌려 옆에 앉은 나를 보았다. 어두운 차 안에서 그의 눈빛이 반짝였다. 유일한 가족이던 아버지가 떠나고, 회사에 입사한 후 낯선 사람들 틈에서 혼자 버티던 시간이었다. 누구든 내 편이 되어주길 바랐지만 그렇다고 내가 누군가를 찾아 나설 수는 없었다. 그 후로 새 제품이 나오면 제품의 특징이나 강조해야 할 부분들에 대해 그와 회의를 했고, 자연스럽게 가끔 술을 먹거나 밥을 먹는 사이가 되었다.

현수에게는 헤어질 수 없는 연인이 있었다. 그는 연인과 나를 모두 사랑한다고 했다.

"네가 원하지 않으면 언제든 난 떠날 거야. 너를 더 사랑해달라거나 그 사람과 헤어져야 한다는 말로 날 힘들게 하진 말아줘."

현수와 연인은 같은 고등학교에 다녔었다.

"군대 갔을 때를 빼고는 언제나 함께였지. 내 인생의 반이 넘네. 이제는 그냥 가족 같기도 하고."

왜 결혼하지 않느냐는 질문에 현수는 결혼은 누구하고도 하지 않을 거라고 했다.

"내 주변엔 말이지. 결혼을 하고 행복한 사람이 한 명도 없어. 다들 결혼 전에는 그렇게도 열렬히, 결혼이 무슨 소원을 이뤄주는 별이나 되는 것처럼 바라보더니, 몇 년쯤 지나면 똑같아져. 결국, 별 따위만 바라보며 사는 삶은 없다는 걸 깨닫는 거지."

그런데 나는 왜 현수라는 별을 바라보게 된 것일까. 현수는 말을 이었다.

"일찍 돌아가신 엄마 대신 누나가 나를 키웠어. 누나는 나 때문에 결혼도 하지 않으려고 했는데, 매형이 그때만 해도 좋은 사람이었거든. 나랑 같이 살아도 된다고, 아니 같이 살아야 한다고 누나를 설득했지. 그런데 태어난 조카가 이상하다는 걸 알고부터는 달라지더라. 조카가 이상한 건 어린이집에 보내고 나서 알게 됐어. 선생님이 아이가 공격성이 강하고 눈을 맞추지 않는다고 누나에게 병원에 한번 가보라고 했거든."

우리는 그때 나란히 내 침대에 누워 있었다. 택시에서 처음 대화를 하고 3개월쯤 지났을 때였다. 운동을 거르지 않는 현수의 배는 단단했다. 현수는 침대 옆 테이블 위에 놓인 캔맥주를 마셨다.

"조카가 자폐와 과잉행동장애 사이에 걸린 것 같다고 하더군. 무슨 소린지, 누나가 얘기해도 난 잘 몰랐었어. 그저 남자애들이 다 그런 거 아니냐고만 생각했지. 근데 애가 초등학교에 입학하고 나서 문제가 심각해졌어. 잠시도 가만히 있질 않았어. 게다가 한번은 학교 옥상에 올라가서 난리가 난 적도 있었고. 나야 집에 거의 있지 않아서 몰랐는데, 어느 날 보니 누나 팔뚝이 멍투성이였어. 아이와 매일 몸싸움을 하느라 그런 거더라고. 애 덩치는 점점 커지는데, 누나는 내가 알던 그 모습이 아니었지. 누나가 저렇게 작았나, 누나의 몸에서 빠져나온 무언가가 아이에게로 가서 붙은 느낌이랄까."

현수는 아득히 천장의 한 점을 바라보았다.

아이 문제로 다툼이 끊이지 않던 매형과 이혼 얘기까지 간 적이 한두 번이 아니었다고 했다. 누나 혼자 조카를 키울 수 없었기 때문에 누나는 언제나 매형의 비위를 맞춰야 했다고.

"아이는 두 사람이 낳았는데, 아이가 저지르는 모든 잘못은 온전히 누나 몫이었어. 아마 남은 평생 역시 누나는 매형 눈치를 보며 살아야겠지. 조카가 잠들면 누나 혼자

소주를 마시곤 해. 그럴 때 누나는 날 보며 넌 결혼 같은
거 하지 말고 평생 너 편한 대로 살라고 말하곤 하지. 물
론 정신이 들면 언제 그랬냐는 듯이 어서 결혼해 가정도
꾸리고 아이도 낳으라고 하지만."

현수가 회사에 취직하고 그의 연인 역시 자리를 잡았
지만, 결혼은 쉽지 않았다. 현수가 원하지 않았기 때문이
다. 그는 이런저런 이유를 대며 결혼을 피해왔다. 하지만
연인이 서른 살이 된 올해에는 쉽게 넘어가지 않을 것
같다고도 했다. 무엇보다 더는 누나와 같이 사는 게 힘들
것 같다고.

현수는 내게 연인과 지낸 일들을 얘기했다. 때로는 내
가 물었고, 때로는 현수가 먼저 얘기했다. 나는 질투를
하거나 그를 원망하지 않았다. 떠날 사람은 결국 떠난다
는 말을, 어려서부터 수도 없이 들어왔다.

"마음이 떠난 사람을 붙잡을 수 있는 건, 아무것도 없
단다. 자식이 있다 해도, 그건 마찬가지지."

나는 현수의 마음이 떠나지 않기를 바랐다. 그와 나 사
이엔 자식조차 생기지 않을 테지만.

언제부턴가 화분에 담긴 작은 식물을 사기 시작했다.
식물 키우는 일에도 소질이 필요하다는 건 알지 못했다.

그저 초록이 좋아 마트나 길가 트럭에서 파는 화분들을 하나둘씩 사다 모았을 뿐이었다. 물을 너무 많이 주거나 너무 적게 주어서, 햇볕이 부족하거나 비료를 주지 않아서, 환기가 안 됐거나 벌레가 생겨서 수많은 식물이 죽어갔지만, 식물을 사는 일을 멈추지 않았다. 그렇게 모은 식물들이 담긴 크고 작은 화분들로 거실과 침실, 베란다가 가득 찼다.

얼마 전부터는 공중에 걸어두고 키우는 식물들에 관심이 생겼다. 언젠가 소독을 하러 방문한 관리실 직원이 집에 이렇게 식물이 많으면 벌레가 꼬일 수 있다며, 고개를 설레설레 저었다. 벽에 걸린 수염 탈란드시아를 보고는 이건 꼭 사람 머리카락 같네, 라고 말하며 손으로 만져보기도 했다. 초록빛일 때는 몰랐지만 겨울이 되어 갈색으로 변한 수염 탈란드시아 줄기는 정말이지 축 늘어진 사람 머리카락처럼 보였다.

거실 소파 옆에는 집에서 가장 큰 알로카시아 화분이 있다. 굵은 알뿌리에서 길게 뻗어 나온 서너 갈래 줄기 끝에 큰 잎이 달려 있다. 마치 재능을 과신한 화가가 뽐내듯 쓱쓱 그려낸 그림 속 나무 같다. 특별히 돌보지 않아도 어느샌가 자라나, 키운 지 1년이 지나자 거의 내 키만큼 큰 잎이 뻗어 나왔다.

다른 잎의 긴 줄기 속에 숨어서 몸을 키운 새로운 잎사귀가 줄기를 찢고 터져 나오는 모습은 마치 인간의 뱃속을 뚫고 나오는 영화 속 외계생명체처럼 섬뜩하기까지 했다. 그 강렬한 생명력에 감탄해 새끼 고양이에게 알로카라는 이름을 지어주었다. 그리고 며칠 전 알로카시아 화분을 하나 더 들였다. 아직 작은 축에 속하지만 분명 몇 달 안에 길게 가지를 뻗고 자라날 것이었다.

**

두세 달에 한 번은 아버지를 만나러 갔다. 아버지의 병세는 다행히 큰 변화가 없었다. 언젠가 주말에 현수와 함께 문경에 내려갔다. 아버지를 보고 나온 후 점심을 먹고 문경새재에 갔다. 햇살이 환하고 나무들은 푸른 날이었다. 5월이었지만 반소매 티 위로 땀이 배어 나왔다. 오랜 세월을 버틴 성벽은 굳건히 제 자리를 잡고 있었다. 성벽너머 펼쳐지는 푸른 하늘에는 현실감이 없었다. 저 성문을 지나쳐 갔을 사람들과 성벽 위로 흘러간 시간이 아득하게 다가왔다. 그리고 지금 저 문을 통과하는 수십 명의 사람을 태운 긴 셔틀버스의 모습 역시 비현실적이었다. 나는 잡고 있던 현수의 손을 세게 쥐었다. 현수가 나를 돌아보았지만 아무 말도 하지 않았다. 우리는 한참을 걸어 올라가, 계곡물이 흐르는 둥근 족욕장에 신발과 양말을 벗고 앉았다. 산 위에서 내려오는 물은 놀랄 만큼 차가웠다. 그렇게 5분쯤 앉아 있으니 어느새 더위는 사라지고 기분 좋은 서늘함만이 남았다.

"아버님은 좀 어떠셔?"

현수가 삐져나온 내 머리카락을 쓸어 넘기며 물었다.

"늘 비슷해. 그래도 오늘은 날 알아봤어. 물론 아주 잠깐이었지만."

나는 현수의 손을 잡으며 말했다. 현수가 내 눈을 바라보며 물었다.

"사람은 어떻게 기억을 잃어버리는 걸까? 너무 힘들어서 지우고 싶은 걸까? 아니면 너무 그리운 것만 기억하게 되는 걸까?"

나는 물 안에 잠긴 두 발을 바라보며 현수가 던진 질문을 생각해보았다. 아버지는 기억을 잃어버린 것일까, 아니면 원하는 것들만 남긴 것일까.

"나도 잘 모르겠어. 아버진 나를 엄마라고 기억하는데, 엄마가 떠난 후 혼자 나를 키우며 살아온 삶이 힘들어 그 기억을 잃어버린 것도 같고, 아니면 엄마와의 추억이 너무 행복해서 그 시간만 기억하는 것 같기도 해. 날 엄마라고 생각할 때의 아버진 행복해 보이지만, 내가 딸이라는 걸 깨달으면, 슬픈 표정이 되거든. 물론 딸인 나를 기억하고 다시 아버지가 되어 기뻐하는 표정이어도, 나는 그게 정말 아버지가 행복한 건지, 알 수가 없어. 간호사 말로는 대부분 딸인 내가 아닌 아내인 나를 기다린다고 하는데. 나는 아버지가 엄마를 기억하는 시간 속에 살았으면 해. 내게 아버지가 어린 시절, 내 손을 잡고 시장에서 간식거리를 사주던, 그 아버지로 기억되는 것처럼 말이야."

내 말에 현수는 잠시 생각에 잠긴 듯 보였다.

"너는 어때? 아버지가 널 아주 잊어버릴 수도 있잖아? 그래도 괜찮아?"

"글쎄, 처음 병에 걸렸을 땐 솔직히 너무 무서웠어. 나는 혼자였고 누구에게도 기댈 수 없었으니까. 이 사람이 정말 내 아버지가 맞는지도 알 수 없었지. 나를 기억하지 못하는 아버지를 내가 과연 아버지라고 말할 수 있을까? 나를 엄마라고 생각하는 저 사람은 누구일까? 아버지 이름과 얼굴을 하고 있지만 내가 모르는 시간 속에 살아가는 저분을 내가 과연 무어라 불러야 할지."

나는 차가워진 발을 빼내고 무릎을 끌어안았다. 발을 닦을 손수건이라도 있으면 좋을 텐데.

"그런데 시간이 지나니까, 점점 무뎌지더라. 이제는 그냥 엄마인 척 연기하는 데 익숙해졌고. 나를 누구라고 기억하든 아버진 아버지였어. 그 사람의 기억이 아니라, 내가 기억하는 그 사람이 누구인지 그게 중요한 것 같아. 내가 처음으로 기억하는 아버지 모습이 뭔지 알아? 대여섯 살쯤 됐으려나. 놀이터에서 놀고 있는데, 아버지가 멀리 벤치에 앉아 나를 바라보고 있었어. 무슨 특별한 날이었는지 주변엔 어른들과 아이들로 가득했고 내가 아빠에게 달려갔을 때, 아빠가 울고 있다는 걸 알았어. 아빠는 금세 눈물을 닦고 웃었지만, 난 알 수 있었어. 이렇게 밝고 환하고 사람이 많은 놀이터에서, 아빠는 울고 있었다, 라는 사실 말이야."

어느새 바람이 두 발을 말렸다. 나는 양말을 신고 다시 운동화를 신었다. 현수는 양말로 대강 물기를 털어내고 구두를 신었다. 우리는 천천히 석양을 마주하며 걸어 나와 주차장을 지나 카페로 들어갔다. 2층엔 전통 한옥을 재현한 듯 마루가 깔려 있었다. 시원한 커피를 들고 현수가 올라왔다. 우리는 자리에 앉아 소란스러운 사람들의 소리에 섞여 평범한 연인처럼 웃고 떠들었다. 저녁은 뭘 먹을지 얘기하던 중 현수의 연인에게서 전화가 왔다. 그는 잠시 나를 보고는 통화를 하러 나갔다 다시 돌아왔다.

"오늘 저녁은 같이 못 먹겠다. 급한 일이 있다고 좀 와 달라네. 미안해."

나는 괜찮다고 웃었다. 다시 차에 올랐을 때는 어느새 주위가 캄캄해진 후였다. 고속도로를 빠르게 달려가는 차들의 불빛을 따라가다 깜빡 잠이 들었는지 깨어보니 어느새 집 앞이었다. 현수는 나를 내려주고 떠났다. 나는 오랫동안 차가 사라진 길을 바라보다 집으로 들어갔다. 그날 밤, 현수가 누웠던 베개에선 오래된 흙냄새가 났다.

영화가 끝나고 화면을 끄니 거실 창으로 붉은 석양빛이 밀려 들어오고 있다. 커피머신에 캡슐을 넣고 커피가 내려오길 기다렸다. 식탁 위에는 지난달 산 작은 아이비 화분 세 개가 나란히 놓여 있다. 손을 뻗어 별 모양 잎을 만지다 보니 일회용 플라스틱 화분 아래로 잔뿌리가 뻗어 나와 있었다. 화분 밖으로 뿌리가 나오면 큰 화분으로 분갈이를 해줘야 한다던 원예 코너 직원의 말이 떠올랐다.

베란다엔 작은 화분 두 개와 비어 있는 큰 유리병이 있었다. 수경재배용 개운죽을 키우던 유리병인데 키우던 개운죽의 잎이 노랗게 변하더니 한 달 만에 죽어버려 지금은 빈 병이었다. 아이비는 흙보다 물에서 더 잘 자란다는 말이 떠올랐다. 유리병 크기가 넉넉해, 화분 세 개의 아이비를 같이 담아도 될 것 같았다.

신문지를 베란다 바닥에 펼쳐놓고 쭈그리고 앉아 플라스틱 화분에서 아이비를 끄집어냈다. 작은 플라스틱 화분 하나에 열 뿌리 정도의 아이비가 뭉쳐 있었다. 서로 얽혀 있는 뿌리 사이의 흙을 털어냈다. 이제 막 지기 시작한 해의 붉은 빛이 베란다로 쏟아져 들어왔다. 화분 모양으로 굳은 흙덩어리를 조심스럽게 부서내고 뭉쳐 있는 아이비 한 가닥을 떼어내 잔뿌리에 붙은 흙을 털어냈다.

그때였다. 이상한 기운이 목덜미를 서늘하게 스쳐 지나갔다. 덩어리째 털어낸 신문지 위 흙더미 속에 무언가가 있었다. 조심스럽게 그 무언가를 들어 눈앞에서 자세히 살펴봤다. 처음엔 흙에 섞여온 다른 나무의 잔뿌리인가 생각했다. 그것은 옅은 갈색의 구불구불한 실뭉치이거나 썩은 나무의 뿌리처럼 보였다. 조심스럽게 손바닥 위에 그것을 올렸다. 자세히 보니 마치 알로카에게서 빠진 털이나 한 묶음의 실처럼 보이기도 했다. 하지만 그것에는 무언가 다른 것이 있었다. 고양이의 털이나 실에서는 볼 수 없는 어떤 섬뜩함.

설마, 하며 손바닥 위에 있는 그것을 손가락으로 집고 조심스럽게 비볐다. 그러자 그것은 묶어놓은 아주 얇은 극세사처럼 여러 갈래로 갈라지기 시작했다. 너무 가늘어서 마치 사람의 머리카락처럼 보였다. 소스라치게 놀라 그것을 바닥에 던져버렸다. 그럴 리가 없어, 애써 무시하며 남은 아이비 뭉치를 다시 집어 들어 흙을 털어내고 하나씩 떼어내는 작업에 몰두했다.

잠시 후 흙이 잔뜩 뭉쳐 있는 부분에서 그것이 다시 모습을 드러냈다. 서둘러 나머지 화분의 흙덩어리를 파헤쳤다. 뿌리가 다치지 않게 조심하는 일 따윈 더 이상 중요하지 않았다. 떨어진 흙 속에서 그것이 몇 개 더 모습을 드러냈다. 다른 것도 집어 손가락으로 비벼봤다. 그것은 처음엔 굵은 실뭉치처럼 보이지만 한 묶음의 머리카락이라고밖에 볼 수 없는 어떤 것으로 가늘게 흩어졌다.

동물의 털일까. 죽은 동물이 묻힌 걸 모른 채 묘목 농장에서 마트에 화분을 보낸 것일까. 하지만 아무리 보아도 그것은 사람 머리카락이 틀림없었다. 파마를 해 구불구불하고 밝은 갈색으로 염색을 한, 아주 얇은 여자의 머리카락. 나는 베란다 바닥에 주저앉고 말았다.

아버지의 병이 발병하기 얼마 전이었다. 10년이나 지난 일이니 잊어버렸다 해도 이상할 것은 없었다. 왜 지금 이 순간 그 일이 떠올랐는지 모르겠다. 그날 나는 시험공부를 하느라 이어폰을 꽂고 있어 누가 집에 찾아왔는지 몰랐다. 화장실에 가려고 거실로 나왔는데 아버지가 현관 앞에서 낯선 남자와 얘기를 나누고 있었다.

"제 아내가 확실한가요? 그 사람이 왜, 왜, 그 야산에 묻혀 있었던 겁니까? 그리고 그게 십 년도 더 전 일이라니, 도대체 무슨 말을 하는 겁니까? 그럼 아내가 가출을 한 후 바로 그렇게 됐다는 겁니까?"

"유감이지만 너무 오래된 사체라 정확한 사인이나 시기까지는 알 수가 없습니다. 근처에서 발생한 다른 사건을 조사하며 야산을 파헤치던 중 오래된 백골 사체를 발견했고 이번 사건의 피해자와는 신원이 일치하지 않아 실종자 데이터베이스와 맞춰보다 오래전 등록해놓으신 아내분 DNA와 일치해서 이렇게 알려드리려고 왔습니다. 정확한 사인은 좀 더 조사해봐야겠지만 워낙 사체가 오래돼서 제대로 수사를 할 수 있을지는 모르겠습니다."

"어디라고요? 그 사람은 그곳에 연고가 전혀 없는데. 왜 그런 곳에서."

아버지는 경찰 앞에서 오랫동안 고개를 숙인 채 말이

없었다. 엄마가 사라진 후 검증되지도, 확인할 수도 없는 수많은 이야기가 우리 주변을 맴돌다 사라졌다. 아버지는 어린 내 손을 잡고 엄마의 행적을 좇아 전국을 헤맸다. 경찰은 엄마가 짐을 챙겨 나갔다는 것과 나에게 미안하다는 쪽지를 남긴 점으로 미뤄 실종보다는 가출에 무게를 두었다. 아버지도 진실을 알았을 것이다. 3년 넘게 전국을 헤매던 아버지가 마음이 떠난 사람은 잡을 수 없다는 말을 한 것도 그즈음이었다. 그러던 엄마가 야산에 파묻힌 백골로 돌아왔다는 말에 아버지는 무슨 생각을 했을까. 엄마의 DNA는 엄마의 베개에 떨어져 있던 머리카락에서 추출해 경찰이 보관해둔 것이었다. 아버지는 그때까지도 엄마가 실종됐을지도 모른다는 한 가닥 희망을 품고 있었다. 가출보다는 실종이 아버지가 원한 진실이었다. 백골 사체 옆에 머리카락 한 줌이 훼손되지 않고 남아 있어, 비교가 가능했다고 말하는 형사를 뒤로 한 채 방으로 들어가 다시 이어폰을 귀에 꽂았다. 진실이 무엇이든 엄마는 이미 오래전부터 내게는, 없는 사람이었다.

아버지가 엄마와 결혼한 후 할아버지가 하시던 사업이 갑자기 기울었다고 한다. 할아버지는 집안에 사람이 잘못 들어왔다며 모든 원인을 엄마에게 돌렸고, 그런 며

느리를 곱지 않게 보던 할머니마저 쓰러지자 엄마를 향한 분노는 이성적으로 설명이 되지 않는 상황에 이르렀다. 결혼한 지 한 달 만에 벌어진 일들이었다. 정신을 차릴 수도 없이 상황이 급변하자 아버지마저 이 결혼이 잘못된 것인가, 하는 의구심을 갖게 되었다. 두 분은 같은 동네에서 오랫동안 알고 지내던 사이였고, 아버지가 원해 서두른 결혼이었는데도 그랬다며, 얘기를 하는 내내 아버지는 스스로를 용서하지 못했다. 그래서 엄마 편이 되어 엄마를 지켜주지 못했다고, 나를 엄마라고 생각하며 요양원 침대에 앉아 미안하다고 울먹였다. 실상 할아버지 사업은 무리한 빚과 오랫동안 장부를 봐주던 직원이 뒤로 돈을 빼돌리다 잠적을 해 망한 것이었고, 할머니 역시 할아버지가 그동안 할머니 몰래 진 빚이 어마하다는 것을 알고 쓰러진 거였는데도, 책임을 뒤집어씌울 희생양으로 엄마가 선택됐던 것이었다. 빚쟁이를 만나고 돌아오던 할아버지가 술에 취해 빨간불에 도로를 건너다 차에 치여 돌아가시자 할머니는 더욱 며느리를 몰아붙였다. 엄마는 아버지와 함께 할아버지가 하시던 사업을 원래대로 돌려놓기 위해 몸을 아끼지 않고 일했고, 집안일 역시 모두 엄마의 몫이었다. 그사이 아이도 생기지 않았고 할머니의 광기는 더 심해졌다. 결혼 후 3년, 기다

리던 아이가 생겼지만, 임신 초기, 쉬지 않고 고된 일을
하던 엄마는 어느 밤 심하게 하혈을 하고 아이를 잃었다.
사업이 어느 정도 자리를 잡을 무렵 할머니가 세상을 떠
났고, 그 후에야 엄마는 나를 낳았다. 그리고 내가 네 살
이 되던 해, 나에게 미안하다는 쪽지 한 장만 남긴 채 사
라졌다.

　형사가 다녀가고 얼마 후부터 아버지가 이상 행동을
하기 시작했다. 열쇠를 집에 두고 나가거나 아예 집을 찾
지 못해 거리를 헤매기도 했다. 어느 날은 침대에 소변을
보고 일어나 멍하게 앉아 있기도 했다. 병원에서 알츠하
이머 진단을 받고 병에 대해 알아보느라 정신이 없던 나
는 형사가 찾아왔던 일을 까맣게 잊었다. 그랬는데, 그
기억이 다시 떠올랐다.

　아이비 화분을 사던 날, 같이 산 식물이 있다. 천천히
거실로 고개를 돌려 그 식물을 바라본다. 이미 거대하게
자란 알로카시아 화분 옆에 나란히 놓아둔 작은 알로카
시아.

　오늘 밤 태풍이 올라온다는데, 밤새 이 집에 혼자 있을
수 있을까. 휴가 동안 절대 집 밖으로 나가지 않으려고
했는데, 이대로 날이 밝도록 이 집에 머물 수 있을까. 온

집을 가득 채운 초록 생명과 그 생명을 담고 있는 화분 속을 모두 파헤쳐야 할지도 모른다. 그 속엔 도대체 무엇이 들어 있을까.

우선 일어서야 한다. 어디로든 나가야 한다. 누군가의 머리카락일 수도 있는 저것, 어쩌면 나머지는 이미 흙으로 사라지고 이제 머리카락만이 남겨졌을 수도 있는 저것을 어떻게 해야 할지 결정해야 한다. 거실과 온 집을 둘러본다. 생명을 먹어 삼키고 지독히도 강인하게 자라나는 생명력을 지닌 이 수많은 초록 잎들을 어떻게 해야 할지 결정해야 한다.

현수의 목소리가 듣고 싶다. 집으로 와달라고, 사랑이 아니어도 좋으니, 곁에 있어달라고, 내가 너의 연인에 대해 아무 말 하지 않았듯이, 너에게 다른 애인이 생긴다 해도 나는 그저 너의 옆에만 있겠다고 말하고 싶다. 이 집을 가득 채운 화분처럼 묵묵히 너를 보기만 하겠다고.

소리 없이 다가온 알로카가 파헤쳐진 화분 주변을 맴돌다 종아리에 천천히 머리를 비빈다. 어느새 어둠이 넝쿨처럼 뒷머리를 잡아당긴다.

작가의 말

끝나지 않을 것 같던 긴 여름도 끝이 나고,
아침저녁 찬 바람을 느끼며 성큼 다가오는 계절을
준비하는 요즘입니다.

첫 소설집을 내는 기분이 새롭습니다.
이 책에 실린 소설들을 쓰던 시절의 '저'는
조금은 힘든 시간을 버티고 있었던 것 같습니다.
물론 그때와 지금은 많이 달라졌습니다.
물리적인 시간도 많이 흘렀고, 이제는 그때와는 다른
생각과 시선으로 세상을 바라보게 되었습니다.
그렇다고 지금의 삶이 쉬워졌다는 뜻은 아닙니다.
그저, 그것이 삶이라는 것을, 받아들이게 되었다는 말이
더 맞는 것 같습니다.

동화 속 해피엔딩과 비현실적 이상주의를 믿었던
'그 시절 나'가 혹독한 통과의례를 거쳐,
조금은 '어른스러운 나'로 변화해가는 중입니다.
아직도 마음 한구석에는 여전히 '순진한 나'가
언제든 고개를 내밀 준비를 하고 있지만,
그 친구를 위한 공간은 아직 찾지 못한 것
같습니다.

'요즈음의 나'는 다시 한번 삶이란 쉬운 일이 아니라는
걸 체감하고 있습니다.
고민과 후회, 풀리지 않는 질문들을 품은 채 꼬박 밤을
새우기도 합니다.

하지만 그 시간이 지나고,
불면과 상념의 날들 역시
어쩌면 찬란한 날들이었음을,
아주 오랜 후에 깨닫게 되기를 바랍니다.

'그때의 나'는 분명 환하게 웃고 있을 겁니다.

모자란 책을 읽어주신 독자들의 '안녕'과 '평온함'을
바랍니다.
행복하고 건강하시기를.

2024년 겨울의 문턱에서

한소은

찬란한 날들

초판 1쇄 발행 · 2024년 11월 22일

지은이   한소은
펴낸이   김요안
편집   강희진
디자인   김이삭

펴낸곳   북레시피
주소   서울시 마포구 신수로 59-1
전화   02-716-1228
팩스   02-6442-9684
이메일   bookrecipe2015@naver.com | esop98@hanmail.net
홈페이지 https://bookrecipe.modoo.at
등록   2015년 4월 24일(제2015-000141호)
창립   2015년 9월 9일

ISBN 979-11-93551-30-1 03810

종이 · 화인페이퍼   인쇄 · 삼신문화사   후가공 · 금성LSM   제본 · 대흥제책

후원   인천광역시   인천문화재단

본 도서는 인천광역시와 (재)인천문화재단의 후원을 받아
'2024 예술창작생애지원'에 선정된 사업입니다.